用文字照亮每个人的精神夜空

领读文化传媒
LINGDU Culture & Media

微信 | 微博 | 豆瓣　领读文化

近年来，随着我国综合国力的不断提升，"文化自信"成为当下中国社会最重要的时代主题之一。"文化自信"落实在语文学科之中的重要表现，就是在教育过程和考试中不断加大优秀传统文化相关内容的比重。在今天，传统文化积累的厚薄程度已经成为中小学生语文能力高下的分水岭。

中国传统文化源远流长，博大精深，内容庞大。现代青少年各科学业压力繁重，留给传统文化积累的时间相当有限。如何在有限的时间中高效、优质地完成传统文化积累，是当今中小学语文学习的重要课题。

杨昊鸥老师深耕中小学语文教育十四年，从语文考试命题思路出发，为青少年读者量身打造"文之初"系列丛书。这套丛书知识内容丰富，学习目标明确，梯度设置清晰，能够让青少年读者在积累扎实传统文化素养的同时，同步锻炼语文考试核心能力。

为了帮助青少年读者更加深入地了解本丛书的知识内容，以及这些知识内容在考试中的实际运用情况，杨昊鸥老师专门录制了与本丛书内容配套的音视频课程，补充了大量可听、可看、可摘录、可反复学习的知识内容，让学习形式变得更加生动有趣，学习效率变得更高。

欢迎按背面文字指引，扫码领取免费课程。

祝各位读者阅读、学习愉快！

精美免费配套课程　　视听读三维融合　　立体构筑文化传承

如何领取"文之初"丛书配套免费音视频课?

微信扫描二维码
关注"杨昊鸥讲语文"公众号。

后台回复:文之初。

点击自动弹出课程链接,
即可收听观看免费课程。

文之初系列 01

神话之门

学文之初,入门须正,立志须高

杨昊鸥 著

湖南人民出版社·长沙

本作品中文简体版权由湖南人民出版社所有。
未经许可,不得翻印。

图书在版编目(CIP)数据

神话之门 / 杨昊欧著. —长沙:湖南人民出版社,2023.3(2025.7)
ISBN 978-7-5561-3111-2

Ⅰ.①神… Ⅱ.①杨… Ⅲ.①神话-作品集-中国 Ⅳ.①I277.5

中国版本图书馆CIP数据核字(2022)第231037号

神话之门
SHENHUA ZHI MEN

著　　者:杨昊鸥
选题策划:北京领读文化
产品经理:领　读・孙浩
责任编辑:刘　婷
责任校对:陈卫平
装帧设计:有品堂_刘俊

出版发行:湖南人民出版社有限责任公司 [http://www.hnppp.com]
地　　址:长沙市营盘东路3号　邮编:410005　电话:0731-82683327
印　　刷:长沙超峰印刷有限公司
版　　次:2023年3月第1版　　　　　　印　次:2025年7月第2次印刷
开　　本:880 mm × 1230 mm　1/32　　印　张:6.75
字　　数:128千字
书　　号:ISBN 978-7-5561-3111-2
定　　价:39.80元

营销电话:0731-82683348(如发现印装质量问题请与出版社调换)

学文之初，入门须正，立志须高

神话之门，童心滋养，想象翩翩

大美千字，妙笔生花，根基筑牢

诗国万物，江河草木，情思遥遥

论语知道，言行有度，自成高标

史记文明，兴衰可鉴，心追俊豪

献给孩子们与文学美妙的初逢

——"文之初"系列丛书总序

我是一名写作者和文学教师,同时,还是两个孩子的父亲。

我从不会忘记多年前的那个凌晨,我在产房外小心翼翼地把女儿从妻子的身边抱起来,捧在怀里,感觉自己正捧着世界上最温柔的光芒。我告诉自己,今生一定要把最美好的东西全都奉献给她。

和所有疼爱子女的家长一样,在孩子幼小的时候,我和妻子一直尽己所能地为她咨询优质的膳食方案、购买优质奶粉。在她适龄入学的时候,我们也像挑选奶粉一样精心为她挑选各个学科的优质教育方法和教育内容。

然而,恰恰是在我最熟悉的语文学科,我碰到了很大的困难。

当下针对青少年儿童的语文学习产品和书籍如过江之鲫,令人眼花缭乱。但是它们的精致程度和体系完善程度都不能令我满意。

我对儿童文学读物非常挑剔,这种挑剔甚至远远胜过我自己的日常阅读。因为,每一个人接触某一个学科的最初感受将会极大影响他对这个学科最根本的认知和未来所能达到的高度。宋代文学理论家严羽在《沧浪诗话》中曾经提到过一个重要的教学观念："入门须正，立志须高。"借用到今天的青少年教育说：小朋友年级越低，越要给他们输入优质、精致的教育内容。这就像一定要用优质奶粉去哺育嗷嗷待哺的婴儿一样，孩子们宝贵的成长时光是不可逆的，看起来内容驳杂但是营养程度极低的食品应该坚决剔除出婴儿的食谱。

举例而言，在女儿识字启蒙的阶段，我剔除了《三字经》和《弟子规》等一些时下热门的传统启蒙读物。因为《三字经》和《弟子规》都是在识字率极低的古代最简单的民间识字教材，本身的文学品质比较平庸。

我为女儿挑选的识字启蒙教材只有一部《千字文》。《千字文》是梁朝皇帝梁武帝指派当世大才子周兴嗣编纂的一部皇族识字教材，具有字不重复、文采飞扬、知识密集、趣味横生、书写优美（《千字文》是中国书法史上被历代书法家传抄频率极高的文学作品）等多重优点，它不仅是一部启蒙教材，还是中国文学史和书法史上璀璨的瑰宝。尽管《千字文》最早是一部皇族识字教材，但是在今天这个信息爆炸的时代早已走入寻常百姓家。我用了整整一年的时间教授女儿《千字文》，在朗读、背诵、讲故事、讲知识的过程中，同步练习基础书写，一鱼多吃。

有许多国学培训机构主张让儿童从小系统、完整地学习四书五经，我的看法有所不同。我的硕士和博士阶段都是攻读先秦两汉文学，具备相关的知识背景，所以我深深地知道这些古籍都是专业化程度很高的古代文献，如果不是从事专业研究，多数内容对于儿童学习而言毫无必要。当然，也不能完全否定其中符合现代教育价值的内容，所以我在为女儿讲授古代诗歌的时候为她挑选了一些《诗经》中的动人篇章，在为她讲授中国传统思想的时候重点挑选了部分《论语》段落，等等。

我为女儿挑选文学作品有两条标准。第一是必须具备文学的美感和格调。《千字文》里的"墨悲丝染，《诗》赞羔羊"相比《三字经》里的"人之初，性本善。性相近，习相远"，《千字文》里的"孔怀兄弟，同气连枝"相比《弟子规》里的"兄道友，弟道恭。兄弟睦，孝在中"，文学格调高下立判。毫无疑问，我会为她挑选前者。第二是在知识和思想上必须能够促进对当下生活的思考，不能从古人那里简单照搬。女儿还在上幼儿园的时候，有一次缠着我给她讲故事，我就随口讲了一个"夸父逐日"的故事。没有想到她说："地球不是围绕着太阳转动吗？在地球上跑，怎么能追上太阳呢？"我突然意识到，我们处在信息化时代，儿童接受知识的方式相比从前已经发生了重大变化。所以，讲"夸父逐日"必须连带着现代天文知识一起讲。同理，讲《论语》里的道理，或者讲《史记》里的故事，也必须要把古今文化打通来讲，这才是指向现代和未来的传统文化教育。

美感格调和对当下的思考，是我衡量儿童文学读物精致程度的两把标尺。利用这两把标尺，我可以从大量古籍中拣选出孩子的文学食谱。这并非自我标榜，我不会因为自己是文学教师就把文学教育置于全科教育之中特别突出的位置。对现代青少年而言，文学教育和数理教育、艺术教育、体育教育等同样重要。我为孩子的文学阅读去粗取精，正是为了帮她节省出时间接受更全面的现代知识培养。

学习体系是我关注的另一个重点。中国传统的文艺种类，在教学上都非常注重环环相扣的学习体系，这在传统文化当中叫作次第，也就是先后顺序的意思。比如说古人学书法，一般的路径是先由唐楷入门，之后逆上魏晋，待楷书稳固之后再学行草。再比如说古人学写诗，《红楼梦》里林黛玉教香菱写诗，教她先学王维五律，次学杜甫七律，再学李商隐七绝，将三座基石先打好，再把两晋南北朝诸位大名家融会贯通。这是真正的诗歌写作培养路径，非常扎实有效，所以小说中的香菱能够从一个诗歌门外汉迅速提升成为一个合格的诗歌作者。

在现代的中小学语文学习当中，并没有建立起像传统文艺那样切实有效的进阶学习体系。现代中小学语文教育大多采用漫灌式的广泛阅读，大家非常喜欢给中小学生开出一大堆令人望而生畏的书单——而且书单上的书目经常更换，这批书读了不见成效就换一批书。至于先学什么，后学什么，先怎么学，后怎么学，怎样把不同阶段所学的语文知识、不同阶段建立的语文能力有效地集中整合在一起形成厚积薄发的合力，则完全是一笔糊涂账。所以我们看到真实的语文教育现状是，孩子们经过十多年的语文学习之后，背诵、书写、阅读、写作四大核心能力大多停留在较低的水平，孩子们畏惧语文，甚至抵触语文的普遍心理在中小学教育当中几乎是一个公开的秘密。

每当我看到当下青少年语文教育盲目混沌的现状时，心里总会涌现起《史记·太史公自序》里的一段话："意在斯乎！意在斯乎！小子何敢让焉。"

如果暂时没有令人满意的语文学习体系，那我就自己来吧。我为女儿设计的语文学习进阶体系思路是，用一个专题内容，对应一个年龄阶段，同时，专题内容侧重针对与年龄阶段匹配的语文核心能力。

单一的专题内容易于在学习中集中发力。例如，我专门用《史记》专题来解决文言文学习的问题。《史记》是中国文学史上文言散文的巅峰之作，被明清两代的文章家奉为"文章祖宗"。中国古代散文名家名作浩如烟海，但只要能够对《史记》具备常识性的了解，对其中的精彩段落稍加用心，文言文就可以一通百通，自然过关。此外，围绕《史记》所记载的历史脉络，我们还可以连带把古今中外的相关知识拓展开来，高效地实现青少年文史通识教育，教学效果非常显著。

我把这个进阶的体系用表格进行直观的描述：

书名	内容	对应能力
《神话之门》	神话故事	兴趣培养、激发联想
《大美千字》	《千字文》	识字启蒙、端正书写
《诗国万物》	古代诗歌选	背诵积累、培育美感
《论语知道》	《论语》文选	传统道德、启发思辨
《史记文明》	《史记》文选	文言入门、拓展见识

随着女儿年龄的增长,我会在未来的日子里继续延伸这个体系,继续补充中国现当代文学和外国文学,以及其他文史通识知识的内容,但思路上将仍然延续这个体系的设计。

近些年来,我一直采用这个自创的体系来教女儿,我常在她的眼神中看到那种与文学初次相逢的美妙感觉。那是一种"好像有一点点难,但又很美、很有趣,我很想弄懂它"的感觉,用《论语》里的话来说,叫作"愤"和"悱"。在这种情况下对她进行"启"和"发",是一件顺水推舟的事。

我想把这种美妙初逢的感觉奉献给所有热爱文学的孩子。所以我把日常教学的内容进行整理,编写成了这套"文之初"丛书。它既是一套青少年文学启蒙读物,也是一套文学文化普及读物。明代思想家李贽曾经说过:"夫童心者,真心也。"只要我们仍然怀有热爱,只要我们仍然希望获得超越平凡生活的力量,我们就永远是真诚的孩子。

在这套书编写的过程中,张洪铭同学、谭心蔚同学、俞吉琪同学、梁颖欣同学为我分担了许多专业资料整理工作,青年书法家王铎翔亲笔示范了硬笔楷书《千字文》,在此向他们表示衷心的感谢。教育是神奇的事业,它让孩子们走向成熟,让教育者保持年轻。希望我们的初学永远充满着年轻的活力!

杨昊鸥

推开神话宝藏的大门
——《神话之门》序

神话，是古代人类对于未知世界的想象。

中国的历史文化源远流长，在数千年的岁月长河里，我们的祖先在征服自然、建立文明的过程中，创造出了许多非常精彩的神话故事。同时，生活在世界其他地区的民族，也创造出了许多属于他们的精彩神话故事。在古代，世界各地的人们不约而同地在想象中思考着世界的起源和大自然运行的规律，并且在神话故事中寄托着对理想生活的美好向往。

那些相隔万里的神话故事，有一些惊人的相似，但又各有各的精彩，就像是一座座宝藏，蕴藏着每一个民族文化的基石。

现代社会相比古典时代已经发生了天翻地覆的改变，科学技术的飞速进步，使得许许多多古代神话中遥远的梦想成为现实。今天的人类可以运用技术手段，像古代神话中的神明一样，跨越山河湖海，飞向太空。但是，这个世界还有很多未知的事物，等待我们去探索和发现。也许,今天我们所掌握的关于世界的种种知识,在未来的人们看来,也是一个个精彩的神话。

让我们推开神话故事的大门,从中国的神话出发,在神话故事和科学理论之间遨游。让探索世界的好奇心和想象力永远伴随着我们!

杨昊鸥

目录

一、宇宙诞生　　　　1

二、人类诞生　　　　7

三、拯救世界　　　　13

四、人定胜天　　　　19

五、族群始祖　　　　25

六、文明诞生　　　　31

七、征服大海　　　　37

八、征服洪水　　　　43

九、劈山跨海　　　　49

十、光阴似箭　　　　55

十一、追逐理想　　　61

十二、梦想永生　　　67

十三、仰望星空　　　73

十四、图腾崇拜　　　81

十五、诸神之山　　　87

十六、走向大海　　　95

十七、向往自由	101
十八、心心相印	107
十九、人间仙境	115
二十、人生如梦	121
二十一、海洋之神	129
二十二、想象巨大	135
二十三、绝美女神	143
二十四、宽广壮阔	149
二十五、勇斗恶龙	155
二十六、珍惜才华	163
二十七、游艺人生	169
二十八、见义勇为	175
二十九、鱼跃龙门	183
三十、坚固友情	191

古今中外神话对照表

主题	中国神话出处	外国神话出处
宇宙诞生	三国·徐整《三五历记》	《圣经》
人类诞生	东汉·应劭《风俗通义》	《圣经》
拯救世界	西汉·刘安《淮南子》	北欧神话
人定胜天	西汉·刘安《淮南子》	古埃及神话
族群始祖	西汉·刘安《淮南子》	古罗马神话
文明诞生	西汉·司马迁《史记》	苏美尔神话
征服大海	先秦·佚名《山海经》	古希腊神话
征服洪水	西汉·司马迁《史记》	《圣经》
劈山跨海	战国·列御寇《列子》	《圣经》
光阴似箭	先秦·佚名《山海经》	古希腊神话
追逐理想	战国·列御寇《列子》	古希腊神话
梦想永生	西汉·刘安《淮南子》	古希腊神话
仰望星空	梁·殷芸《小说》	古希腊神话
图腾崇拜	西汉·司马迁《史记》	古埃及神话
诸神之山	西晋·佚名《穆天子传》	古希腊神话
走向大海	西汉·司马迁《史记》	古希腊神话
向往自由	战国·庄周等《庄子》	《圣经》
心心相印	五代·佚名《列仙传拾遗》	古希腊神话
人间仙境	南朝·刘义庆《幽明录》	〔英〕查尔斯《爱丽丝梦游仙境》
人生如梦	唐·李公佐《南柯太守传》	古希腊神话
海洋之神	中国民间传说	古希腊神话
想象巨大	战国·列御寇《列子》	北欧神话
绝美女神	三国·曹植《洛神赋》	古希腊神话
宽广壮阔	战国·庄周《庄子》	古印度神话
勇斗恶龙	宋·李昉、李穆、徐铉等《太平御览》	古希腊神话
珍惜才华	隋·李大师、李延寿《南史》	古希腊神话
游艺人生	北魏·郦道元《水经注》	〔瑞典〕英格玛·伯格曼《第七封印》
见义勇为	唐·李朝威《柳毅传书》	〔英〕王尔德《快乐王子》
鱼跃龙门	宋·李昉等《太平广记》	古希腊神话
坚固友情	清·蒲松龄《聊斋志异》	古希腊神话

一、宇宙诞生

宇宙天空、日月星辰，我们脚下的大地，山河湖海……我们每天赖以生存的世间万物究竟是从哪里来的呢？

开天辟地

传说，在很久很久以前，整个世界混沌一片。混沌，就是不同的东西混在一起，就像蛋清和蛋黄被搅在一起，你中有我，我中有你。那个时候，甚至连天和地也没有分开。

这个混沌的世界，孕育出一个力大无穷的巨人，这个巨人叫作"盘古"。有一天，他突然睁开眼睛，看到眼前一片漆黑。于是，他抓起一把斧头，向身旁用力劈去。这一斧头劈下去，世界分为两半，其中，轻而清的一半慢慢上升，变成了天空；重而浊的一半慢慢下降，变成了大地。

盘古站在天地之间，头顶天空，脚踏大地，天每天变高一丈，地每天增厚一丈，他每天长高一丈。就这样过了一万八千年，天空和大地被巨人盘古远远地撑开，再也不会合并到一起了。最后，盘古累倒了，他的左眼变成了太阳，右眼变成了月亮，他的血液变成了江河，骨骼变成了高山，肌肉变成了土壤，毛发变成了草木——就这样，多姿多彩的世界诞生了。

创世纪

在其他国家和地区，很久以前也流传着许多"创造世界"的神话传说，其中最著名的就是《圣经》中记载的"创世纪"。

在这个传说里，造物主也是在一片混沌当中创造了这个世界：第一天创造了光，第二天创造了空气，第三天创造了海洋和大地，第四天创造了太阳和月亮，第五天创造了各种各样的动物。到了第六天，神按照自己的样子创造了两个人——亚当和夏娃。两人被神安置在伊甸园，幸福快乐地生活着。在西方文化里，亚当和夏娃被认为是人类的祖先。

神对自己创造的一切感到十分满意。于是，他在第七天放下所有工作，把这一天定为休息日。算上最后一天的休息日，神创造万物一共用了七天。因此人们也把七天算作一个礼拜，即一个星期，用来计算时间，以表示他们对造物主的尊崇。

宇宙大爆炸

细心的读者朋友可能已经发现，无论是中国的盘古还是西方的造物主，他们都是在一片混沌中创造世界的。

但根据当代物理学的猜想，宇宙产生于一个叫作"大爆炸"的事件。

根据"大爆炸"理论，在时间开始之前，什么东西也没有，类似于中西方传说中讲到的"混沌"状态。科学家们认为，我们的宇宙形成于一百多亿年前"大爆炸"的一瞬间。这个宇宙最开始只是一个很小很小的点，它甚至比一粒沙子还要小很多很多。这个小点很烫很烫，比太阳还要热，也因此充满了能量。但不知道为什么，这个小点突然爆炸了！

这场"大爆炸"使物质四散飞出，宇宙空间不断膨胀，物质也不断冷却。在爆炸扩张的过程当中，宇宙里出现了海量的天体，有些天体甚至产生了神奇的生命，比如我们的地球。经过一百多亿年的演化，世界就变成了我们今天看到的样子。

人类文明绵延数千年，但是关于世界的诞生，古代神话和现代科学竟然能找到共通之处，这不得不说是一件非常神奇的事情。

二、人类诞生

自从世界从一片混沌和虚无中诞生，生命也伴随着宇宙的演化而出现。如今的地球上生活着70多亿人。那么，最早的人类是从哪里来的呢？

女娲造人

盘古用斧头劈开混沌之后，天和地分开了。不久，出现了一位女神，她的名字叫女娲。女娲是传说中的创造之神，她为这个世界发明、创造了很多东西，所以又被称为"大地之母"。

但是，因为没有同类，女娲感到很孤独。有一天，女娲打算用地上的黄土，按照自己的样子造人。她捏啊捏啊，捏出了一个又一个小人儿。这些小泥人最后竟然都活了过来，在地上蹦蹦跳跳，时而还抬头望着这位创造他们的"母亲"。

女娲继续捏啊捏啊，到后来，她觉得用手捏的速度不够快，于是，她拿起一根绳子伸入泥浆中，然后举起绳子一甩，洒落在地上的星星点点的泥浆就变成了许许多多的人。

在中国古代的传说中，这些由黄土变成的人，就是最早的人类。

造物主造人和普罗米修斯造人

在《圣经》的传说里，人是由造物主创造出来的。神按照自己的形象，用地上的土捏出了一个男人，并往这个人的鼻子里吹了一口气。因此，这个最早被神造出来的人就有了灵魂和生命，神给他取了一个名字叫亚当，亚当从此在伊甸园里住了下来。神认为亚当需要帮助和陪伴，于是就在亚当沉睡的时候，取出他的一根肋骨，造出了一个女人，并给她取名为夏娃。传说，亚当和夏娃这对夫妇就成了后世人类的祖先。

而在古希腊的神话传说里，有一位名为普罗米修斯的神。普罗米修斯知道天神的种子蕴藏在泥土里，于是，他将河水与泥土调和在一起，按照神的样子捏出了一个个的人。并从动物的灵魂里抽离出了"善"与"恶"，将这两种品格注入泥人的身体里。但这个时候的小泥人们还不会动，也没有灵魂。希腊有一位智慧女神，名为雅典娜。她看见普罗米修斯捏成的人，十分喜欢。于是雅典娜朝这些小人吹气，使得他们拥有了真正的魂魄，成为在世界上能够自由生长的生灵。

 生物进化论

现代生物学的主流理论认为，人类是从猿猴进化而来的。英国的生物学家达尔文在19世纪写了一本书，名为《物种起源》。在谈到人类的起源时，他认为我们的祖先在不断适应环境变化的过程中，发生了进化，慢慢地演化为我们今天的人类。这就是著名的生物进化论。

很久以前，一些猿猴从树木上下来，适应了地面的生活，学会了直立行走。当前肢不需要用来走路时，猿猴们就慢慢学会了用它们制造和使用工具，比如锤子、斧子等等。随着时间的推移和环境的改变，这些猿猴们制造和使用工具的能力越来越强，前肢就进化成了灵活的手。同时，它们为了保护自己，必须群居，相互的交流也让它们的大脑越来越发达。

慢慢地，这些猿猴在不断战胜环境的过程中，变得越来越强大。在约两百多万年前，由古猿进化成的"能人"开始学会建造简陋的房屋，学会使用简单的语言。又过了几十万年，"能人"进一步进化，成了"直立人"，这时候的他们已经学会了使用天然火，四处迁徙。晚期"直立人"进化为"智人"，智人已经学会人工生火，甚至开始注重自己的外貌。智人是距离现代人类最近的物种，可以真正算是现代人类的祖先了。

三、拯救世界

在远古时代,文明还不发达,人类在灾难面前往往是弱小、无力的。然而灾难的发生却又如此频繁,因此,人们为了获得勇气,常常在面对灾难时想象出自己的保护神。

女娲补天

在女娲那个时代,世界上还存在着许许多多的神明,但不是每个神都像女娲那样时刻关心、造福着这个世界。一些神的脾气并不好,比如水神共工和火神祝融。

就如同我们常常听到"水火不容"这个成语,共工和祝融之间时不时就会发生惊天动地的大战。有一回,他们相约决战,结果水神共工被打败了。共工十分不服气,心中有无尽的怒火想要发泄。于是,共工一头向不周山撞去,把不周山都给撞断了。

不周山支撑着天地,它被撞断后,天塌了大半边,还出现了一个大窟窿;大地也裂开了,洪水四处奔涌,龙蛇猛兽也跑出来吞食人类。女娲看到这一切感到十分痛心,她把传说中的五色石收集起来,熔成石浆,填补了天上的窟窿;又斩下了神龟的四只脚,把天支撑起来;还将无数的芦草烧成灰,埋堵住狂涌的洪水。

在女娲的努力下,世界慢慢恢复了往日的生机。但这场灾难仍然留下了一些痕迹,比如天与地仍然存在着倾斜,因此日月星辰每天都会沉向西方,而江河湖海都会涌向东方。

燃烧的宇宙树

在北欧神话里，整个宇宙分为九个世界。这九个世界都存在于一棵巨大无边的宇宙树上。在这棵大树上，生活着巨人、诸神、精灵、侏儒和凡人五大种族。

和世界上许多古老民族的神话一样，北欧神话中也流传着关于世界毁灭的传说，被称为"诸神的黄昏"。

世界树上的巨人和诸神两大种族冲突不断，最终引发两大种族的大决战。宇宙树上所有的种族都卷入了这场大混战。在混战中，人类亚萨国王子夫雷和火焰巨人领袖苏特展开了一场恶斗，赤手空拳的夫雷牺牲在苏特的火焰之剑下。但在最后的关头，夫雷拼尽全力重创了苏特。这令苏特心智癫狂，全身喷射出熊熊烈火，不仅烧死了自己，也点燃了整棵宇宙树，使得整个世界变为一片焦土，也烧毁了世界上几乎全部的生灵。

极少数的神族后裔侥幸躲过了劫难，在长时间燃烧的烈火熄灭之后，重新建造了家园。在北欧神话中，旧的世界没有得到拯救，新的世界由此开启。

 **全球变暖**

人类的能力越来越强大，而各式各样的灾难依旧会发生。其中，最危险又最不容易察觉的灾难就是"全球变暖"。在焚烧石油、煤炭等燃料的过程中，会有温室气体产生，太多温室气体，会导致整个地球的平均温度升高，这是全球变暖的原因之一。

在一些寒冷的地方，温度升高会让冰川融化成水，海水会变得更多，最后慢慢淹没一些陆地，威胁到这些地方人们的生存。除此之外，气温升高还会导致一些物种的生存受到威胁，久而久之，许多植物和动物在环境的剧变中灭绝。

为了遏制全球变暖的趋势，人们也做出了许多努力。生活中常见的，比如人们用电动汽车替代了传统汽车，从而减少了温室气体的排放。在科技蓬勃发展的今天，我们不应再等待神明的拯救，而是把人类命运掌握在自己的手上。

四、人定胜天

太阳晨起夕落,每天都赐予我们温暖和光明。但有时,它又会给人们带来酷热和干旱。在古老的传说中,太阳的形象总是丰富多样的。

后羿射日

天空中原本有十个太阳，住在东方大海尽头的扶桑树上。最开始，这十个太阳在天空中轮流值班，照耀大地。但是后来，这十个太阳相约一起每天到天上玩耍。

这可害苦了生活在地上的人们！十个太阳一起出现在天空，就像十个大火球，烤干了大地上的江河湖海，烤干了大地上人们种植的庄稼。

人们跪在大地上，苦苦地哀求太阳十兄弟不要同时出现在天空。然而，太阳十兄弟并不顾及人类的感受，它们看着人类苦苦哀求的模样，觉得十分有趣。

后来，人类之中诞生了一位英雄，他的名字叫后羿。后羿是一位力大无穷、百发百中的神箭手。后羿抬头看着天上任性的十个太阳，又看着大地上因为酷热而受苦的人们，心里有了主意。他拿出弓箭，对准天上的一个太阳，一箭射去，那个太阳应声坠落。后羿深吸了一口气，稳稳地举起弓箭，瞄准四下逃散的太阳，一箭一个，连续射下了九个太阳。

最后，只剩下了一个太阳，这个太阳每天准时东升西落，再也不敢肆意妄为了。

太阳神的复仇

对于古埃及人来说，太阳是十分重要的。他们信仰的太阳神名叫"拉"，拉神有时候给人们带来温暖和光明，但有时候又在暴怒之下给人们带来酷暑和干旱。

拉神统治了宇宙千万年，已年迈力衰。于是，人们对拉神的信仰产生了动摇，甚至有人嘲讽这位太阳神。拉神对此感到十分愤怒，于是决定惩罚人类。

塞赫梅特是拉神的女儿，她可以化身为母狮，呼吸能够形成沙漠，代表着复仇的力量。塞赫梅特十分凶残，她降临人间，替父亲惩罚人类，大地上尸骨成堆，化为一片血海。然而此时，拉神却又对人类产生了同情，于是设计阻止女儿对人类疯狂的报复。塞赫梅特喜欢饮血，拉神就把酒染成了血红色，倾倒在大地上，骗女儿喝了下去。

塞赫梅特喝了许多酒之后，终于醉倒，再也不能杀戮人类了。

 三颗太阳的世界

我们的地球身处太阳系，整个太阳系只有太阳这一颗会发光的恒星。但宇宙中有很多地方跟太阳系并不一样，那里可能有

两颗，甚至三颗会发光发热的恒星——也就是说，在那里，我们会看到两个甚至三个"太阳"。

比如，半人马座 α 星就是这种多恒星系统。在那里，我们甚至可以在一天之内看到三次日出、三次日落。像这种有三个"太阳"的地方，一般来说自然环境都比较恶劣，并不适合我们生存。然而，人们还没有办法弄清楚半人马座具体是什么样，我们只能够通过天文望远镜，远远地望着它。

半人马座 α 星系统中，有一颗"比邻星"，它是离太阳系最近的恒星。不知道在那里，有没有像后羿一样的英雄在守护着半人马座呢？

五、族群始祖

如果你坐火车经过河南郑州，就会看到黄河边巍峨的大山上，坐落着巨大的雕像，足足有51米高。这雕像上的两位老爷爷究竟是谁？为什么我们要用这么隆重、庄严的方式纪念他们呢？

涿鹿之战

传说,在遥远的上古时代,有两个非常强大的部落。这两个部落的首领,一个叫作黄帝,一个叫作炎帝。这两位首领非常了不起。传说,炎帝是最早懂得用火的人。因为有火,人们才可以将食物烤熟。人们还用火驱赶野兽。而黄帝教会人们种植粮食,行医治病,他还发明了许多有用的东西,比如最早的日历。而我们身上穿的衣服,最早就是黄帝的妻子——嫘(léi)祖发明的。

在黄帝和炎帝那个时候,还有另外一个部落,这个部落的首领叫作蚩(chī)尤。蚩尤是一个非常残暴的人,经常率领军队去骚扰和攻击其他的部落,这让当时的老百姓苦不堪言。于是,黄帝和炎帝联合起来,和蚩尤进行了一场战争,叫作涿(zhuō)鹿之战。

这场战争打得十分惨烈,为了保卫家园,许多人都在战争中失去了生命。传说,双方甚至请了天上的神明来帮忙。蚩尤请了掌管风雨的风伯和雨师,他们刮起大风,下起大雨,来阻击黄帝和炎帝。黄帝则请了天上的神女止住风雨。蚩尤又用法术生起三天三夜的大雾,让黄帝和炎帝的军队迷失了方向,黄帝于是发明了指南车来指示方向,找到了出路,最终打败了蚩尤。

我们开头提到的两个雕像就是黄帝和炎帝。黄帝和炎帝联起手来打败了蚩尤，给华夏大地带来了和平。后来，两个部落慢慢融合，在这片土地上繁衍生息，为中华民族的发展，做出了巨大贡献，又慢慢形成了统一的国家——中国。

母狼乳婴

历史上古罗马帝国有着一个浪漫的起源传说。

从前有一个名叫努米托的国王，他有一个凶残的双胞胎弟弟，名叫阿穆利乌斯。阿穆利乌斯想要成为国王，于是使用计谋把哥哥努米托驱逐出境。

努米托有一个女儿，她和传说中的战神马尔斯结合，生下了一对双胞胎——罗慕路斯和雷慕斯。阿穆利乌斯担心这对新生的双胞胎会威胁他的王位，于是把两兄弟抛入河中。没想到，这对婴儿被一只母狼救了下来。罗慕路斯和雷慕斯被母狼用乳汁喂养，一天天长大成人，最终回到故土，将阿穆利乌斯杀死，把原来的国王努米托，也就是自己的外祖父接了回来。努米托赏赐兄弟二人一大片土地，两个人就在这里建立起一个新的国家——罗马。

罗慕路斯和雷慕斯被视为罗马伟大的英雄，他们是战神的后代,又被母狼哺育,特别骁勇善战。因此,罗马人以能征善战作为自己民族的品质。

 ## 关于祖先的神话传说

世界上许多民族都有关于自己祖先的神话和传说。很多时候,这些神话和传说可能是历史上真实发生过的事情,经过一代又一代人的加工和创造,形成了一种深刻的文化记忆,记忆着自己的民族是如何出现,如何一步一步发展壮大的。

一个民族的神话传说中祖先的形象,往往体现着自身向往的民族品质。在一个民族的童年时期,人们常常会遭遇饥饿、严寒、战乱,所以古老的中国人会想象出黄帝和炎帝发明了很多东西,让人们吃饱穿暖;想象出黄帝和炎帝一起打败了蚩尤,给人们带来了和平。而以前的罗马人,常常与周边的其他民族发生战争,他们渴望赢得胜利。所以,古老的罗马人会将自己的祖先想象为能征善战的勇士。

六、文明诞生

我们的汉字跨越时空,历经几千年而不衰绝。我们的祖先是如何创造出这么多方块字的?造字的灵感是从哪里来的呢?

仓颉造字

很久以前,人们通过在绳子上打结记录发生过的事情,大事就打一个大结,小事就打一个小结。这种方法叫作"结绳记事"。文字出现以前,人们一直用这种方法来记录事情。

直到有一天,出现了一个名叫仓颉的人,他非常喜欢观察世界上各种各样的事物,并把它们画下来。比如他看到弯弯的月亮,就画一个弯弯的图形来表示月亮;看到雄伟的山峰,就画一个高高的、尖尖的图形来表示山峰。

久而久之,仓颉把看到的日月星辰、江河湖海、山岳丘陵、鸟兽鱼虫等事物全都画了下来。他把各种各样的事物整理成一套小小的图形,还用读音与之对应。这就成了最早的汉字。

在传说中,仓颉发明汉字的那一天,"天雨粟,鬼夜哭"。意思是粮食就像雨一样从天上落下来,到了晚上鬼怪都哭了。这意味着什么呢?天上下粮食,意味着以后粮食会丰收,人们再也不会饿肚子;鬼怪在夜晚哭泣,是因为人类的力量将会超过鬼怪,所以它们害怕得哭了。而这一切都是"文字"的功劳。

楔形文字

历史上,生活在两河流域的苏美尔人是最早发明文字的族群之一。他们发明的文字叫作"楔形文字"。关于楔形文字的诞生,苏美尔人也有一个自己的神话传说。

苏美尔人有一位智慧神,他的名字叫作恩基。恩基是天神的孩子,他用智慧赢得了民众的爱戴,苏美尔人的文字就是由这位智慧神创造的。恩基创造出来的文字一般写在泥板上,线条很笔直,但一头粗钝,一头尖细,就跟钉子一样。所以恩基创造的文字又被叫作"钉头文字"。

最开始,智慧神恩基并没有打算直接把文字教给人类。恩基创造的文字拥有让城市繁荣兴旺的力量,女神伊南娜渴望得到它。伊南娜守护着一个叫作乌鲁克的城市,她希望增进人民的福祉,让这座城市成为苏美尔的中心。于是,伊南娜从智慧神恩基那里偷偷地把文字带回到了乌鲁克。从此,乌鲁克拥有了文字,逐渐变成了非常强大的国家。

语言的亲属关系

按照粗略的统计,世界上有五六千种语言。但实际上,相似的语言可以被归为一类。这样，世界上的语言就被分为几个"家族"，每个"家族"里都有很多的"兄弟姐妹"，这些像兄弟姐妹一样的语言有着一个共同的"母亲"——祖语。

19世纪，一个叫作施莱歇尔的语言学家，比较了不同的语言，追寻语言在历史上存留的痕迹，从而发现了语言的亲属关系。后来，又有很多人对他的学说进行补充、完善。如今，世界上有七个主要的"语言家族"，它们分别是：印欧语系、汉藏语系、阿尔泰语系、亚非语系、德拉维达语系、高加索语系和乌拉尔语系。

其中，最为显赫的两个"家族"是印欧语系和汉藏语系。因为它们是被人们使用最多的"语言家族"。印欧语系有很多语言，比如英语、德语、法语、西班牙语。这些语言有很多相似的地方，所以学者们将其归到一个"语言家族"。汉藏语系的代表语言是汉语、藏语。它们在某种程度上也存在相似性，因此学者们认为它们同样有着"亲缘关系"。

七、征服大海

人们看见广阔无边的大海，内心常常会产生敬畏之情。在人类探索大海、征服大海的过程中，产生了许多动人心魄的传说。

精卫填海

传说，炎帝有一个很可爱的女儿，叫作女娃。炎帝为了管理部落，常常没有时间陪伴自己的女儿，所以女娃经常一个人外出游玩。有一天，女娃在海边玩耍，突然刮起了狂风，女娃被卷进了大海，再也没有回来。

女娃死后，她的灵魂非常悲伤、愤恨。于是，她变成了一只花脑袋、白嘴壳、红爪子的神鸟。这只鸟每天从山上衔来石头和草木，投入大海当中，想把大海填平。然而，大海广阔得仿佛看不到边际，想要用小小的石头和草木填平大海，这几乎是不可能的。可是，她相信，只要自己一刻不停地移山填海，总有一天能够把大海填平。为了这个理想，她永不休息地用嘴衔着石头和草木，把它们投入大海中。

女娃化身的神鸟鸣叫的声音很像"精卫、精卫"，所以人们就把她叫作"精卫"。

海妖的歌声

在古时候，地中海上住着一位名为塞壬的海妖，她人首鸟身，有时候又会幻化成美人鱼。塞壬能唱出天籁般的歌，航船经过她的领地时，塞壬就会对着航船一展歌喉。船上的水手们听见塞壬的歌声，都会倾听失神，忘记手中的轮舵，航船因此会碰上海中的礁石而沉没。

听过塞壬歌声的人，没有能够活着回来的。但有一位足智多谋的英雄奥德修斯，既想要听到塞壬的歌声，又想要平安地渡过塞壬的领地。于是他想了一个办法，他命令船员们用蜡把耳朵封上，又将自己用绳索绑在船的桅杆上，以免自己在听到塞壬的歌声后做出疯狂的举动。奥德修斯的船经过塞壬的领地，这位海妖像往常一样唱起了歌儿，但这艘船的船员们却不为所动，只有被绑在桅杆上的奥德修斯想要挣脱束缚。奥德修斯疯狂地命令船员们，把船开到塞壬的身边。但是没有人理他，航船渐行渐远，慢慢地开离了塞壬的领地。

大陆文明和海洋文明

对于古时候的中国人，海洋是令人恐惧的，它不光会把人淹没，海中还藏着各种各样会伤害人的怪物。古代中国主要是大陆文明。我们的祖先主要通过在陆地上耕种庄稼来获得食物，以及各种各样的生活物品。我们非常熟悉陆地上的东西，因此，我们对陆地有一种天然的亲近感。而对于海洋，古代中国人则是比较陌生的，由于陌生，所以害怕它，希望战胜它。

而欧洲文明和我们有很大的不同，欧洲文明主要是海洋文明。两千多年前的古希腊人常常开着船，越过海洋，去不同的地方做生意，交换食物和其他的生活物品。所以在欧洲的神话传说中，海洋往往多了一些浪漫和雄壮的气息，比如说，美神维纳斯从海洋中的贝壳里孕育而出；海神波塞冬坐着白马拉的黄金战车在海洋上驰骋，掀起巨浪；还有海妖塞壬在海面上唱着天籁般的歌声……

在今天，现代中国正在从传统的大陆文明走向海洋。今天的中国人意识到海洋蕴含无限资源，海上商路带来了巨大商机。在新世纪，中国重整陆上"丝绸之路"的同时，还提出了"21世纪海上丝绸之路"的合作倡议。中国人正怀着"精卫填海"一样坚持不懈的精神，拥抱海洋、探索海洋。亲爱的小读者，相信在未来世界海洋的舞台上，一定有你们探索和开拓的身影。

八、征服洪水

在全世界范围内,许多民族都流传着关于大洪水的古老传说。这究竟是一种巧合,还是人类文明曾经共同的经历?

鲧禹治水

许久之前,一场大洪水席卷大地。它来势汹汹,巨浪滔天,冲垮房屋,淹没农田,夺走人们的生命和财产。不仅如此,大洪水持续的时间还特别长,很多年都没有退去,这让当时的人们几乎没有办法生存下去。

这个时候,出现了一位英雄,他的名字叫作鲧(gǔn)。鲧听说天帝那里有一种神奇的宝物,叫作息壤,这个宝物看上去就是一捧普普通通的土,但是,只要一把它撒到大地上,它就会立刻变出无穷的土壤来。鲧为了平息人间的洪水,悄悄地偷走了息壤。息壤往地上一撒,那些洪水泛滥的地方很快就被迅速生长起来的土壤填充了起来,这样人们就可以在上面重建家园了。

正当人们为再也不用被大洪水伤害而欢庆的时候,不幸的事情发生了。天帝发现了息壤被盗的事情,非常生气,他命令火神祝融来到人间,杀死了鲧,抢回了息壤。洪水再次袭来,人类又一次陷入灾难。

鲧有一个儿子,名叫禹。在父亲遇害之后,禹立志要继承父亲的愿望,重新治理大洪水。禹没有神明的帮助,也没有能够显灵的宝物,但是通过仔细研究各种各样治理洪水的方法,禹有了自己的主意。他决定挖出一条条通道,让洪水可以流向大海。于是，禹率领族人，日复一日、年复一年地挖排水通道，不论遇到什么困难，都不能够动摇他们治水的决心。就这样过了十三年，禹和族人们挖通了许多条排水通道，大洪水被疏导到了大海中，世界终于恢复了往日的和平与宁静。

挪亚方舟

在《圣经》里，造物主见到人间充满败坏、邪恶的行为，决定用一场大洪水惩罚人类。但是，神发现人间也有一个好人，他的名字叫作挪亚。于是，神提前告知挪亚，未来将有一场大洪水。神指示他建造一艘方舟，让他带上自己的亲人，以及地球上的各种动物去逃难。

当挪亚的方舟建造完成，大洪水就开始了。天上就像打开了一扇大窗，大雨连续下了四十个昼夜，淹没了地球上最高的山，除了挪亚一家人以及方舟上的动物，大地上的一切都没能幸免。挪亚在方舟上住了几百天后，放出一只鸽子去试探外面的情况。那鸽子衔回来一根橄榄枝，挪亚知道洪水已经完全退去，这才带领家人走下方舟。所以在后来的西方文化中，鸽子和橄榄枝是和平安宁的象征。

为了消除神的愤怒，挪亚给造物主献上了祭品。神见了祭品，也看到了挪亚的真诚善良，决定不再使用洪水毁灭世界，并在天空造出一道彩虹，以此作为保证。

 冰川时代

根据现代地质学推测，地球约有四十六亿年的历史，在这么长的时间里，地球的温度并不是不变的。在某些时候，地球的温度会变得特别低，这种温度变化，不是从春天到冬天那样的变化，而是一年四季都会变得非常冷。在那样的时期里，地球会有将近一半的陆地被冰雪覆盖，冰川随处可见。我们把这些时期叫作冰川时代。

但是，冰川时代并不会永远持续下去，隔了一段时间，地球又会慢慢变暖。地球变暖之后，原本的冰川就会融化成水。大量冰川在融化之后，会变成汹涌澎湃的水，水淹没陆地，就像在"大洪水"的故事里描述的一样。

约一万年前，距离我们最近的一次冰川时代结束了，所以我们能够看到四季分明的地球。但是，冰川融化会带来漫流的洪水，这肯定让我们的祖先吃了不少苦头。很多民族的神话传说里，有着关于"大洪水"的记录，这也许就是冰川时代结束的标志。

九、劈山跨海

在远古时代，一座大山、一片海域往往可以隔断人类眺望远方的目光。人类无数次地梦想着拥有跨越大山大海的超自然力量，直到今天变为现实。

五丁开山

在距离现在两千多年的战国时代，秦国的国君是秦惠文王。秦惠文王打算攻占蜀国，也就是今天的四川地区。可是，蜀国的地理环境非常奇特，它的四周都被大山包围，高高的大山把蜀国和其他国家隔绝开来。蜀国和秦国之间就隔着一座巍峨险峭的秦岭，这让秦惠文王没有办法直接派遣军队攻打蜀国。

于是，秦惠文王想到了一个办法。他派遣使者翻山越岭去见蜀国的国王，告诉蜀王，自己有五只金牛，这五只金牛吃进去的是草，排出的粪便却是一粒一粒的金子，而秦国想要把这五只金牛送给蜀国。同时还说，蜀国和秦国之间隔着崇山峻岭，不通道路，希望蜀王能够把连接秦国的道路修通，这样秦国才能把金牛送过来。蜀王是一个贪婪的人，一听到有这样的好事，连忙答应了下来。

当时的蜀国有五位力大无穷的大力士，蜀王派遣这五位力士去开凿道路，并且命令他们将道路凿通之后把金牛带回来。五位力士带着使命来到秦岭，使出他们的天生神力，很快就在大山之中凿出了一条通向秦国的道路。因为这条道路是为迎接金牛而建，所以它被称为"金牛道"。

之后，五位力士来到秦国，带回了金牛。秦惠文王又称要献五位美女给蜀王，蜀王又派五位力士接回美女。回程经过梓潼时，见一条大蛇钻入洞中，于是五人齐力去拔，以致山崩地裂，五位力士和美女都被压死，五位力士化成了五岭。于是秦惠文王派遣军队从金牛道进入蜀国，灭掉了蜀国，杀死了蜀王。

出埃及记

《圣经》中传说，在很久之前，以色列人流离失所，无家可归，被困在埃及。在那里，以色列人被当成奴隶，生活在苦难之中。于是，神派遣了先知摩西前去拯救他们。

埃及的统治者被称作"法老"。摩西来到埃及，请求法老让以色列人离开埃及。法老非但不答应，反而变本加厉地折磨以色列人。神于是降下惩罚。病疫、风雪、蝗灾接踵而来。但法老仍然不服软，不肯放走以色列人。神最终夺走了法老的孩子的生命，法老才释放了以色列人。

摩西带着以色列人离开埃及，神在白天制造了巨大的云柱，在夜晚制造了巨大的火柱，指引着他们前行。但在放走以色列人之后，法老后悔了，他派出士兵追杀以色列人。以色列人逃到了大海前，无法继续前行。眼见追兵就要赶上他们，神突然使那片海水分为两面高高的水墙，使以色列人能够安然通过。追兵赶上时，神又把水墙打散，大海又变回了原来的模样，淹没了无数追兵。最后，以色列人逃出了埃及，开启了他们新的生活。

传说中神迹降临的那片海,就是今天的红海。红海是一片狭长的海域,像刀口一样,割开了非洲和阿拉伯半岛。红海航线是当今世界上最重要的航海运输通道之一。

 **高速铁路**

中国是一个地形多样的国家,高山大川数不胜数,但人们的长途旅行并不会被险要的地势阻碍。因为现代交通工具的发展,人们可以轻松前往那些原本难以到达的地方。对于今天的中国人来说,最重要的交通工具就是高速铁路。

如果想要从古代的秦国到达古蜀国,我们坐高铁,只需要四个小时左右。这在古时候是不可想象的,古人如果要进行一次这样的旅程,可能需要花数月的时间,其间还可能遇上种种难以预测的危险。

今天,中国的公路总长度和铁路总长度都排名世界第一,这些公路和铁路很多修建在地势险要的高原之上。比如,我们在世界屋脊——青藏高原上架起了铁路,在现代科技的支持下,我们可以自由来往于世界上最高的地方。这样举世无双的伟大成就,正是中国人"五丁开山"精神的体现。

十、光阴似箭

无论在地球的东方还是西方，人们从古到今都看着太阳每天东升西落，就像一座永不停息的钟表，提醒着我们时间飞逝。

羲和驭日

传说，有一位女神叫作羲和，她是太阳的母亲。羲和住在遥远的东方大海之外一个叫作"旸（yáng）谷"的地方。旸谷有一棵巨大无比的树，叫作扶桑。据说，扶桑树高有几千丈，羲和与太阳就住在扶桑树上。

每天早晨，羲和会把太阳放在一辆宝车上，这辆宝车由六只神龙拉着向前奔跑。羲和就坐在宝车的前面，挥动着鞭子驱赶神龙。只见神龙在羲和的驾驭之下拉动太阳车，从扶桑树出发，从东向西划过整个天空，到蒙谷停下。到了晚上，羲和把太阳放在一个叫作甘渊的大水池里，给太阳洗去一天的风尘，太阳洗干净了，又变得明亮、透彻。

就这样，羲和带着太阳，每天晨起夕落，周而复始，给人间带来光明和温暖。这个传说有着特别的含义，它表示"光阴似箭，日月如梭"。人们感觉时间过得飞快，就像羲和驾驭的太阳车那样飞驰而过。

太阳神阿波罗

在古希腊神话中，也有一个关于太阳神和太阳车的故事。

古希腊神话中的太阳神叫作阿波罗。阿波罗有一辆镶满黄金和钻石,并且长着翅膀的太阳车。传说阿波罗每天乘着由四匹火马拉的太阳车从空中驰骋而过,令阳光普照世界。

阿波罗有个儿子,名叫法厄同。法厄同看到父亲的英姿,心里十分崇拜,他希望自己也能够做一次"太阳神",驾驶一次太阳车。因此,法厄同找到阿波罗,祈求父亲把太阳车借给他。阿波罗虽然疼爱自己的儿子,但是一开始却拒绝了他的要求,因为太阳车非常难驾驭,稍不注意就会坠入大海。

可是,无论阿波罗怎样劝说,法厄同都非常固执地要求驾驶太阳车,阿波罗没有办法,只能答应了儿子的要求。结果,法厄同在驾驶太阳车的时候因为经验不足,让太阳车失去了控制,给大地带来了灾难。最后宙斯把一道闪电劈了下去,击碎了太阳车,而法厄同则坠入大河。

太阳的温度

根据现代科学的研究,在日常生活中,烧开水需要的温度是100℃;熔化铁的温度大概是1500℃;最难烧熔的金属是钨,钨可以做成灯泡里面的灯丝,它的熔点大概是3400℃。而太阳表面的温度在5500℃左右。也就是说,按照现在的技术条件,地球上的所有物质接近太阳表面的时候会被熔化——变成液体，甚至气化——直接变成气体。

所以，像神话中羲和还有阿波罗那样驾着太阳宝车的事情，目前，还停留在人类的幻想当中。但是，相信随着科技的飞速发展，未来的人类或许能够到太阳上一探究竟。

十一、追逐理想

去完成一件不可能完成的事业，这是人类最大限度提升自身能力的尝试，也是对命运发起的终极挑战。这蕴含着最富有英雄主义和浪漫气息的人类精神。

夸父逐日

在遥远的古代有一个巨人，叫作夸父。夸父身材魁梧，力大无穷，同时，他还特别喜欢思考问题。夸父看着太阳，心里产生了疑惑——为什么太阳每天会东升西落？太阳每天从哪里升起？又从哪里落下？

为了寻找这些问题的答案，夸父决定追逐太阳，一探究竟。第二天，太阳从地平线刚刚升起，夸父就开始朝着太阳奔跑。但是，太阳跑得实在是太快了，一眨眼的工夫，它就从东方跑到了夸父的头顶上。夸父毫不灰心，用尽全身的力气紧跟着太阳跑去。

半途中，夸父觉得非常口渴。而身边刚好就是黄河，于是他低下身子，一口气就把黄河的水喝干了。他接着跑，离太阳越来越近，同时也感到越来越热。夸父汗流浃背，再次感到非常口渴，于是他低下身子，又把渭河——黄河的支流——的水也喝干了。

喝完了水，夸父站起来，继续跑。眼看着夸父就要追上太阳。但是，太阳实在太热，烤得夸父又累又渴，连江河的水也不够他喝。这时，夸父突然想起，北方有一片大大的湖泊。于是他拖着疲惫的身躯向北方跑去。路途中，他的脚步越来越沉重，眼前也开始天旋地转。最后，夸父没能跑到水边就倒下，再也站不起来了。

夸父把自己随身携带的手杖扔在大地上，手杖变成了树木，躺在大地上的血肉之躯变成了滋养树木的肥料，让树木长得越来越茂盛。最后，孤零零的树木逐渐变成了遮天蔽日的森林，为后来的人们遮挡阳光，带来清凉。

西西弗斯的巨石

很久以前，有一个叫作科林斯的地方，那里的国王名为西西弗斯，他是一个足智多谋的人。

在当时，众神之王是掌管着天空和雷电的宙斯。宙斯是一个十分蛮横的神，他抢走了河神的女儿。河神到科林斯这个地方寻找他的女儿，而西西弗斯知道河神女儿的踪迹。西西弗斯提出条件，他希望河神引来一条四季常流的河，并且河流能通过科林斯。河神连忙答应了，从而在西西弗斯那里得知了自己女儿的消息。

由于西西弗斯泄露了宙斯的秘密，宙斯十分愤怒，他决定派出死神，把西西弗斯押入冥界。但谁也没想到，西西弗斯设计绑架了死神，自己逃脱了。死神也因此失踪，自那以后的很长一段时间，世间再也没有人死去。

最后，死神被解救出来，西西弗斯这才被押入了冥界。其间，西西弗斯虽然再次利用他的聪明才智逃出了冥界，然而，最终他没能逃过诸神的惩罚。

在冥界，一块巨石和一座陡峭的山崖等着西西弗斯。众神给西西弗斯的惩罚是，让他将这块巨石推上山顶，然后再让他眼睁睁看着这块巨石滚下山去，这之后，他需要再次下山把巨石推上山顶，周而复始，永无停息。

 太阳的运动

太阳东升西落的真正原因其实是，地球每天都在自转。如果我们乘上宇宙飞船，在距离地球很远很远的地方观察地球，我们会发现地球是一个大大的球体，这颗蔚蓝色的星球，每天都在绕着太阳自西向东地转圈圈，而太阳在宇宙中的位置相对固定。

地球赤道上的自转速度为465米/秒。根据地球的自转速度，可以推算出太阳相对赤道地面的运动速度是1674千米/小时。这到底有多快呢？我们日常乘坐的高铁运行速度大概是250~300千米/小时，而民用飞机正常飞行速度大概是800~1000千米/小时。

也就是说，到目前为止，我们普通人可以乘坐的民用交通工具是达不到太阳相对地面的运动速度的，只有军用的超声速战斗机可以做到这一点。

十二、梦想永生

人的生老病死是一条单程的生命轨迹，它不像月亮缺了又圆，圆了又缺，周而复始，生生不竭。所以，古典时代的人们总是会把永生的梦想寄托在和月亮有关的神话传说之中。

嫦娥奔月

后羿把天上的九个太阳射了下来，一位叫作西王母的神明非常赞赏后羿为民除害的壮举，送给他一颗不老仙药作为奖励。传说，人只要吃了这颗仙药，不仅可以长生不老，还可以飞到天上变成神仙。但是，后羿不愿意离开自己一直生活的故乡，也不愿意离开身边的亲朋好友，所以，他把这颗仙药锁在了柜子里。

后羿的妻子叫嫦娥，嫦娥知道了后羿从西王母那里得到了不老仙药，心里总是惦记着。原来，嫦娥也想长生不老。于是有一天，趁着后羿出门打猎，嫦娥偷偷地打开了柜子，把那颗仙药吃进了肚子。吃完仙药以后，嫦娥突然觉得身上很热，她以为是屋子里不透气，于是打开房门跑到屋外的空地吹风。可没想到，自己却慢慢飞了起来，嫦娥惊奇地发现自己的身体越来越轻，不知不觉就飘到了空中。嫦娥害怕地大叫起来。后羿听见妻子的呼喊，连忙跑回家，只见妻子越飞越高，慢慢地消失在云端。

嫦娥穿过了云层，一直飞到了月亮上才停下来。她发现月亮上一个人也没有，从此不得不过着冰冷又孤单的生活。嫦娥非常后悔，最后，她化为月亮的精灵，一个人孤单地住在月亮上。

阿尔忒弥斯

阿尔忒弥斯是希腊神话中的月亮女神和狩猎女神，她自由独立、勇敢坚韧，喜欢在户外打猎。而海神波塞冬有一个儿子，名为俄里翁，他能够在海上行走，健步如飞。但俄里翁并不喜欢在海里生活，他像阿尔忒弥斯一样，喜欢在丛林里打猎。

阿尔忒弥斯和俄里翁有着共同的爱好，因此，两人渐渐地相爱了。太阳神阿波罗是阿尔忒弥斯的弟弟，阿波罗不喜欢海神的儿子，因此他不希望自己的姐姐和俄里翁相爱。于是，阿波罗决定使用计谋，杀害俄里翁。

有一天，阿尔忒弥斯和阿波罗一起在海上飞行，阿波罗一眼就看到了在海里游泳的俄里翁。于是，阿波罗故意挑衅自己的姐姐，问她能不能射中海中的那个黑点。阿尔忒弥斯没有想到那个黑点正是俄里翁，她一箭射去，杀死了自己的情人。

知道真相后，阿尔忒弥斯悲痛万分，她恳求父亲把俄里翁升为天上的星辰。于是，死后的俄里翁化身为天上的猎户座。在这之后，阿尔忒弥斯与阿波罗决裂，她再也不想看到欺骗自己的弟弟。见到姐姐与自己决裂，阿波罗开始后悔。他追赶着姐姐，祈求获得原谅，但阿尔忒弥斯却再也不愿意和阿波罗说一句话。因此，在人们的眼中，太阳和月亮常常分别出现在白天和黑夜。

探月工程

在现代科学的帮助下,今天的人类已经可以通过发射的飞行器,近距离地观察月球,到月亮上一探究竟了。到目前为止,全世界只有三个科技非常发达的国家成功使探测器着陆月球,分别是苏联、美国和中国。

中国的月球探测器被命名为"嫦娥号",这个名字正是从"嫦娥奔月"这个故事而来的。2004年,中国正式开启了月球探测工程;2007年,"嫦娥一号"发射升空;2010年,"嫦娥二号"发射升空;2013年,"玉兔号"月球车成功着陆月球表面……

到目前为止,中国的探月工程已经取得了不少成就——我们拍到了月球表面的照片,带回了月球上的土壤,还记录下了月球上许多珍贵的数据。在不久的将来,"嫦娥号"还会带着我们的宇航员飞到月亮上去亲自看一看,看看嫦娥仙子是不是真的住在月亮上面。

十三、仰望星空

在没有电灯照明的古典时代，每当夜幕降临，璀璨的群星就是最震撼人心的景象，人们幻想着每一颗闪烁的星星都是具有生命的神明，也由此诞生了许多星星的故事。

牛郎织女

在很久以前,天帝有一个女儿,名叫织女,她非常擅长纺织。不过,她织的东西不是衣服,而是天上美丽的彩霞。织女每天都在天上织彩霞,年复一年,日复一日,这让她感到非常沉闷和无聊。于是,她偷偷地从天上跑到人间玩耍。在人间,她认识了一个放牛的男子,叫作牛郎。织女和牛郎相爱、结婚,并且生了两个可爱的孩子。

但是,当天帝发现织女私自下凡,并且和凡人结婚生子时,他十分生气。天帝命令织女立刻返回天上,并且惩罚织女永远也不能与自己的丈夫和孩子相见。

织女不能违抗天帝的命令,只能伤心地回到了天上,她非常想念丈夫和孩子们,牛郎和孩子们也非常想念她。可是他们之间隔着一条宽广的天河,牛郎没有办法跨过这条天河,日子一天天过去,他对妻子的思念也日渐加深。

喜鹊们被牛郎和织女真挚的爱情深深地感动了,决定帮助这对深情的爱人。喜鹊们相约,在每年的七月七日飞到天河上,用身体架起一座桥梁,让牛郎和织女能够相会。到了那天,牛郎会用扁担挑着两个孩子,走上鹊桥,和织女相会。

所以,每年农历的七月七日,被称为七夕,又叫作乞巧节,是我们中国人独有的关于爱情的节日。

德墨忒尔

很久以前，有一位叫作德墨忒尔的女神，她管理万物生长，是传说中的农业之神。德墨忒尔有个女儿叫珀尔塞福涅，长得十分美丽。冥神哈迪斯一心想得到珀尔塞福涅，让她成为自己的妻子。

有一天，趁着珀尔塞福涅一个人在野外游玩，哈迪斯把她抢走，带到了地下宫殿。农神德墨忒尔从远方巡视谷物回来，发现自己的女儿不见了，她找遍了周围的山谷、河流，都没有发现女儿的踪迹。太阳神阿波罗在天上看见了一切，他告诉德墨忒尔，是冥神抢走了她的女儿。

德墨忒尔听后，十分难过，她没有能力前往冥界把自己的女儿带回来。于是，管理万物生长的农神无心工作，把自己关在了山洞里。这样一来，原本生机勃勃的世界变得万物凋零。众神之王宙斯不能让这种情况继续下去，于是他希望冥神哈迪斯能够让珀尔塞福涅回去探望自己的母亲。冥神哈迪斯同意了，但是在珀尔塞福涅临走之前，哈迪斯让她吃下了三颗冥界的石榴籽。

见到自己的女儿回来，德墨忒尔十分开心，于是大地又重回生机。但珀尔塞福涅吃下了几颗冥界的石榴籽，因此，在一年的数月里,她必须待在冥界。当珀尔塞福涅离去,德墨忒尔又变得伤心痛苦。因而在珀尔塞福涅离开的数月里,大地将迎来冬季;在女儿归来时,春天则重新降临人间。

农神德墨忒尔是天上室女座的化身。在冬季,也就是珀尔塞福涅离开的那几个月里,天上室女座的星光会比其他季节暗淡,可能就是德墨忒尔在思念着自己的女儿。

牛郎和织女的距离

不管是古代还是现代,人们都喜欢把几个或者更多位置邻近的星星划分成一个片区。在古代中国,人们把整个星空划分成28个区域,将其称为二十八星宿。而按照现代天文学,天上的星星被分为八十八个星座。

二十八星宿分别是指:角、亢、氐、房、心、尾、箕、井、鬼、柳、星、张、翼、轸、奎、娄、胃、昴、毕、觜、参、斗、牛、女、虚、危、室、壁。它们按照东、南、西、北四个方位,被划分成四个区域,分别对应着一种想象中的神话巨兽——青龙、朱雀、白虎、玄武。这四种神兽被认为是"天之四灵,以正四方"。二十八星宿在中国传统文化中影响巨大,涉及天文、地理、宗教、文学、占卜、风水等许多方面,在古代的日常生活中扮演着重要的角色。比如说，《千字文》里"辰宿列张"的"宿"就是指二十八星宿。又如，宋代文学家苏轼的《前赤壁赋》里"月出于东山之上，徘徊于斗牛之间"，其中的"斗""牛"，就是指二十八星宿中的斗宿和牛宿。

在二十八星宿当中，有一个形状像牛角的星宿，叫作牛宿；还有一个星宿，它的形状很像汉字中的"女"字，所以叫作女宿。古人根据这两个星宿的名字，想象出了一对男女的爱情故事。再后来，古人把牛宿里的一颗星星命名为牛郎星，代表着神话中的牛郎，又把女宿里的一颗星星命名为织女星，代表着神话中的织女。牛郎星和织女星都非常明亮，织女星是全天亮度排名第五的恒星，而牛郎星排名第十二。当我们抬头仰望星空的时候，很容易在夜空里发现它们。

不光是中国古人特别注意到了夜空中这两颗明亮的星星，在现代天文学中，有一个被称为"夏季大三角"的星星组合，包括天琴座、天鹰座、天鹅座里各自的一颗亮星，由于它们特别明亮，在夏季的夜空中构成了一个显眼的大三角形。其中，天琴座里的那颗星就是织女星，天鹰座里的那颗星就是牛郎星。

不过，这两颗星星相隔的距离非常遥远，根据现代天文学家的计算，它们之间相隔16.4光年。光是世界上速度最快的东西，一秒钟可以跑约三十万千米，相当于绕着地球跑七圈半。光年，就是光跑一年的距离,这是一个巨大的长度单位。假如我们乘坐火箭从牛郎星出发,要四十五万年的时间才能到达织女星。如果牛郎星和织女星真的是两个人的话,他们想要见面几乎是一件不可能的事情。

# 十四、图腾崇拜

在人类文明早期，由于自身的力量弱小和知识贫乏，人类对自然界的万事万物充满了好奇，进而产生敬畏，并在敬畏中想象着自身与自然事物之间的联系。

天命玄鸟

在四千多年前，有一个叫作简狄的女孩子。有一天，简狄到野外的池塘里去洗澡，她看见一只燕子在池塘的上空盘旋。燕子在中国古代又被称为"玄鸟"。"玄"，就是黑色的意思。燕子飞了好一会，停在池塘边，生了一颗鸟蛋。简狄洗完了澡，看见燕子下的蛋，这时候她突然感觉肚子饿，于是，她就把这颗鸟蛋吃了下去。

回到家以后，简狄的肚子开始痛了起来，并慢慢鼓起。没想到，简狄吃了鸟蛋，竟然怀上了一个孩子。

简狄生下了一个男孩，给他取名契。契非常聪明，从小就喜欢观察和思考各种各样的事物。比如，契喜欢在晚上观察星星运动的轨迹，传说，契长大了以后，建立了中国最早的天文台——阏伯台，通过观察星象来制定历法，从而带领族人根据气候变化来开展农耕。契还曾经帮助大禹治理洪水，等到洪水平息了以后，契被封在商地，他的部族因此被称为商族。契带领自己的族人进行了大量的早期商业活动，简单来说，就是通过交换不同的东西，来改善生活条件。由于契的部族在商业上非常成功，商族人就以善于贸易而闻名于天下了。商族通过经商变得越来越强大，后来建立起一个庞大的王朝，这就是历史上的商朝。

因为简狄吃了玄鸟的蛋才生下了契,商朝人就将玄鸟作为自己的图腾,加以崇拜。

鹰蛇之争

古埃及的太阳神名为拉,拉神同时还象征着雄鹰,因此他也是埃及人崇拜的鹰神。传说,在白天时,太阳船会载着拉神,缓缓地行过尼罗河,给人们带来温暖和光明。每到夜晚,拉神就会死去。太阳船会载着拉神的尸体,驶过十二道门,在十二个小时之后,拉神会迎来他的重生。就这样,新的黎明再次到来。

拉神有一个孪生兄弟阿波菲斯,阿波菲斯是黑夜之神,也是传说中的蛇神。阿波菲斯一直想要彻底取代拉神,让世界陷入永久的黑暗之中。

每次夜晚来临时,阿波菲斯都想要加害拉神,使他不能在第二天复活。但拉神跟着许多随身护卫,护卫击退了想要伤害拉神的阿波菲斯。就这样,光明与黑夜一直保持着它们的平衡,标记着人们作息的节律。

而在历史上的很长一段时间里,古埃及并不是完全统一的国家。尼罗河在大地上缓缓流淌,连接着各自为政的王朝,河的下游是下埃及,河的上游是上埃及。下埃及的人们崇拜蛇,他们的国王戴着红色的王冠；而上埃及的人们则信奉鹰，国王戴着白色的王冠。而在统一之后，埃及法老的王冠上往往同时有着鹰和蛇两种形象。

 **图腾崇拜**

在遥远的古代，人类普遍具有一种叫作"图腾崇拜"的观念。所谓图腾崇拜，就是人们会选一种动物，把它看作是自己部族的创造神，或是守护神。

因为在远古时代，科学还很不发达，人们发现动物具有很多人不具备的能力。比如说，鸟能够自由地飞翔，马奔跑的速度很快，熊的力量很强大，老虎的牙齿和爪子很锋利。而"天命玄鸟"这个故事所表达的，正是商族人对于飞鸟的崇拜。在博物馆，我们能看到很多商代的玉器。其中包括很多精美的鸟形玉器，这就是图腾崇拜的一种表现。

一直到今天，很多国家的文化中都还保留着图腾崇拜的痕迹。比如说，中国崇拜的图腾是龙，龙是一种能够随意变化、带有神性的强大物种。再比如说，法国人自称是"高卢雄鸡"，雄鸡代表着勇敢与善战；美国国徽上画着一只白头海雕，寓意为外表美丽，性格凶猛；澳大利亚的硬币上印着袋鼠，澳大利亚人认为袋鼠只会向前跳，不会后退，寓意勇往直前。

十五、诸神之山

就像长江黄河一样,昆仑山也是中国文化的象征。它高大巍峨,绵延千里,令古人心驰神往又难以接近,是一片令人遐想万千的神秘世界。传说,昆仑山上住着许许多多的神仙。

穆王西巡——昆仑山

大概在三千年前，统治中国的王朝是周朝。当时周朝的君主是周穆王，又被尊称为穆天子。周穆王是一位很有作为的君主，在他的领导下，周王朝开疆拓土，百姓安居乐业，国力蒸蒸日上，变得非常强大。

传说中，周穆王用尽了一生的精力治理国家、造福百姓。在晚年的时候，他做了一个决定，要驾着马车去最遥远的、从来没有人去过的地方巡游。马车载着穆王，向西方的尽头——昆仑山驶去。传说，昆仑山是众多神明居住的地方，从来没有人去过那里，也没有人知道那里是什么样子。

周穆王驾着八匹宝马拉的马车，一路向西，跨过大江大河，翻过高山峻岭，终于来到了昆仑山脚下。只见那雄伟的昆仑山高耸入云，巍峨绵延，山上长满了参天古树，古树上结满了积雪一样晶莹的玉石，色彩斑斓的凤凰和青鸟在上空自由盘旋，欢快地鸣叫。所有人间山峦的景色，在它的面前都黯然失色。

昆仑山上还住着许多半人半兽的神明。比如说，守卫昆仑山的神明叫作陆吾，陆吾长着人类的头，但却有着老虎的身子和爪子，还有九条尾巴。神明们看到周穆王非常高兴，热烈欢迎他上山，并且带他去见西王母——昆仑山至高无上的主神。她有着人类一样的身体，同时长着老虎的牙齿和豹子的尾巴。虽然看上去有一些可怕，但她是一位非常善良的神明。为了肯定周穆王为造福人间作出的贡献，也为嘉奖他克服艰难险阻来到昆仑山的勇气，西王母使周穆王成了神的一员，让他永远住在美丽雄伟的昆仑山上。

大力神赫拉克勒斯

古希腊传说中，有一位大力神，名为赫拉克勒斯。赫拉克勒斯的父亲是众神之王宙斯，凡间的女子与宙斯结合，生下了赫拉克勒斯。由于赫拉克勒斯身上流着神明的血，所以他天生力大无穷。

而宙斯有一位原配妻子，她就是天后赫拉，赫拉憎恨赫拉克勒斯，因为他是自己的丈夫与情妇诞下的孩子。在赫拉克勒斯刚出生不久，赫拉曾派出两条毒蛇，想要在他熟睡的时候杀死他，却没想到，还在襁褓中的赫拉克勒斯直接将那两条毒蛇掐死了。

赫拉克勒斯还有一位在人间的父亲，他是底比斯的国王安菲特律翁。原本，赫拉克勒斯应当继承王位，但由于天后赫拉的阻挠，赫拉克勒斯的弟弟欧律斯透斯成了新的国王。欧律斯透斯嫉妒且害怕强大的哥哥，于是，他以国王的身份，交给赫拉克勒斯十二项不可能完成的任务。

但赫拉克勒斯凭借自己的神勇克服了所有困难。他勇斗巨狮，杀死九头蛇，生擒神鹿，活捉野猪，引来河水清扫巨大的牛棚，驱逐铁翼钢爪的怪鸟，驯服健壮的公牛，制服战神之子的牝马，夺取亚马孙女王的腰带，牵走巨人的牛群，摘取了由巨龙看守的金苹果，带回看守地狱的三头恶犬。

最终，赫拉克勒斯完成所有任务，回到了故乡。在他死后，宙斯让他进入奥林匹斯山，赫拉克勒斯进入众神的居所，成了大力神。天后赫拉也与赫拉克勒斯和解，并把自己的女儿——青春女神赫柏——嫁给了这位大力神。

真实存在的神山

和奥林匹斯山一样，昆仑山不仅仅存在于神话传说中，它也是一座真实存在的巨大山脉。昆仑山坐落在中国的西部地区，山脉连绵两千五百多千米，横跨新疆、青海、西藏、四川四个省份，平均海拔有五千多米，被称为中国的"万山之祖"。昆仑山的自然景观巍峨博大，雄奇壮丽，气象万千，是世界闻名的巨型山脉。同时，它还蕴含着丰富的自然资源。比如说，中国文化里最珍贵的美玉就出自昆仑山,所以在《千字文》中有"玉出昆冈"的句子。"昆冈",就是指昆仑山。在中国人的心目中,昆仑山一直是中国民族精神的象征,它象征着博大、雄厚,傲然挺立于亚欧大陆的东端。

中国古代传说中周穆王驾马车西巡的故事,实际上表达了人们渴望亲近这座巍巍大山的美好愿望。在古代,昆仑山远离中原,想要徒步到达非常艰难。同时,由于昆仑山的平均海拔非常高,气候也非常寒冷,想要见到昆仑山的真容也是一件必须付出艰辛努力的事情。正是由于有这样的重重险阻,让人们想要一窥全貌而不得,所以人们想象着,只有法力无边的神仙们,才能够居住在皑皑白雪覆盖的群山之上。在中国古代神话体系当中,神仙主要居住在两个地方,一个是昆仑山,另一个是海上的蓬莱仙岛。无论是昆仑山还是蓬莱仙岛,都是古代人类难以涉足的地方。

不过,今天的人们如果想要去见识昆仑山,不用再像传说中的周穆王那样驾着马车历尽千辛万苦了。我们只需要搭乘青藏线火车,从青海省省会西宁出发,到达格尔木,就能够亲眼见到昆仑山伟大的奇观,能让我们亲身实地去看一看,昆仑山上到底有没有住着神仙。这是古人难以想象的伟大成就。

青藏铁路是世界上海拔最高、线路最长的高原铁路,曾经被世界铁路专家认为是不可能完成的工程,最终由我们中国人独立设计、修建完成,它和昆仑山一样,在今天,是中华民族精神的象征。

十六、走向大海

在一望无际、波涛汹涌的大海另一端究竟有没有神仙?这个问题对于古人而言,其实还包含着另外一重寓意,那就是:人类经过漫长而艰辛的努力之后,最终将会收获怎样的回报?

徐福东渡

秦始皇统一了中国,但他每天都在为自己会变老、死去而发愁,人因此变得十分憔悴。有一天,有一个叫徐福的人写信给秦始皇说,在遥远的东方大海上,有一座叫作蓬莱的仙山,仙山上住着很多仙人,如果能够找到这些仙人,就能够知道长生不老的秘密。

秦始皇读了徐福的信,非常高兴,命令他出海去寻找仙山。徐福和秦始皇说了这次出海需要准备的东西,秦始皇全都答应了。按照徐福的要求,秦始皇命令手下的工匠造了一座大大的宝船。宝船上满载着各种各样的食物、种子,还有奇珍异兽和金银财宝,作为送给仙人的礼物;同时,秦始皇还派遣出许多士兵保护船只的安全;最后,秦始皇还遣给徐福三千个童男童女,以博取岛上仙人的欢心。

徐福离开之后,秦始皇每天都在热切地等待他回来。日子一天一天过去,秦始皇始终没有等到徐福回来,最后,在焦急的等待中,秦始皇病重死去。而徐福也再没有回来。

传说徐福带领的大船其实并没有找到蓬莱仙山,而是到达了今天的日本。当时的日本还处于野蛮时代,是徐福把中国先进的文化和优良的作物种子带去了日本,带领日本进入了文明时代。传说徐福是在今天日本的新宫市登陆的,所以日本新宫市有一座徐福公园。直到今天,那里每年都还在举行祭祀活动,专门纪念徐福。

奥德修斯

传说,三千多年前的古希腊曾发生了一场浩大的战争——特洛伊战争。当时有许多英雄参与了这场战争,而在战争结束之后,英雄们都各自返回了故乡。有一位叫奥德修斯的英雄和别人不一样,他在战斗中都是以自己的智谋取胜的。

奥德修斯在战争结束后,没能马上回到自己的家乡,在海上漂流了十年。当初,奥德修斯在回程路上被一些岛国上的人袭击,船队漂流到另外一个海岸上。海岸上有着许许多多的忘忧果,船员们吃了果子后,流连忘返,不愿回到家乡。奥德修斯只好把这些吃了果子的船员绑到船上,继续前行。

行途中,奥德修斯的船队漂流到了巨人的海岛,一行人被独眼巨人因禁在山洞里,奥德修斯的六位同伴都被巨人吃掉了。但是,奥德修斯用一根削尖了的巨木刺瞎了独眼巨人。于是,他们逃离了巨人的海岛。

但没有想到,那独眼巨人竟然是海神波塞冬的儿子。波塞冬为了给儿子报仇，在海上处处为难奥德修斯的船队。奥德修斯虽然得到了风神的帮助，但依旧遭遇了许多挫折。路途中，奥德修斯遇见了会使用巫术的魔女，游历了地下的冥府，与战友的亡灵相遇，被宙斯用雷霆击沉了船只，还被一位爱上自己的女神软禁了七年。

最终，奥德修斯凭借着自己的勇敢和智谋战胜了所有困难，回到了故乡，与自己的妻子儿女团聚。

中日交往

徐福东渡的故事虽然只是一个传说，但它映照着中国和日本的交往历史。同时，它也生动地体现了海洋是如何成为国家与国家之间交往的纽带的。

根据《后汉书》记载，在公元57年，日本曾来汉朝朝贡，当时汉朝的皇帝将印绶赠予来使。到了公元4世纪、5世纪时，大和国统一了日本，前后十三次向东晋、宋、齐、梁等朝派遣使者。

公元7到9世纪的唐朝，是历史上中日文化交流最为频繁的时期。日本共派遣遣唐使十九次，其间还有不少遣唐使成了唐朝的官员，最为著名的就是阿倍仲麻吕，时人都称他为晁衡。伴随着交往的日益频繁，中国的文化也不断流入日本，如今日文中存在不少的汉字，正是两国之间文化交流的印记。

十七、向往自由

从古到今，人类的生理结构几乎都是一样的。两只手，两只脚，没有翅膀，没有鱼鳍……人们往往把身体上的局限和精神上的不自由联系在一起。如果身体可以随着想象突破一切限制，那会发生怎样奇妙的故事呢？

鲲鹏之变

传说，在北方的大海里，有一条巨大的鱼，它的名字叫作鲲。这条鱼大到没有人能够看见它完整的样子，人们猜测，鲲的身体可能有几千里那么长。鲲不仅巨大无边，还具有法力。有的时候，它要是不想待在大海里了，就在海里打个滚，瞬间就能变成一只巨大的鸟，凌空飞起。它变成的这只巨鸟叫作鹏，鹏的翅膀一张开，就能像厚厚的云层一样，把天空和太阳全部遮住。

鹏在高高的天空中扇动着翅膀，在海上拍打起巨大的风浪，产生的狂风把天地之间的万物卷起。据说鹏能飞到九万里的高空。

利维坦

在希伯来文化中，利维坦是一种传说中的海怪，在希伯来语中，"利维坦"的意思与"扭曲""旋涡"有关。

传说，在创造世界的第六天，神创造了一雌一雄两头巨兽。雄性那一头，是盘踞在陆地之上的贝希摩斯；雌性那一头，则是遨游在大海之中的利维坦。利维坦常常被描述成一只巨大的鱼龙，它的鳞甲坚硬无比，锋利的牙齿能够撕裂一切。根据《圣经·旧约》的记述，利维坦畅泳于大海之时，波涛亦为之逆流，口中会喷出火焰，鼻子冒出烟雾，时刻在海洋中寻找着它的猎物。

利维坦强大到足以与恶魔撒旦匹敌，让世界毁灭。但在审判日来临之时，利维坦将会变成献给圣洁者的食物。

 **巨大的生物**

在两亿多年前，恐龙是这个地球上的霸主，但不知为什么，所有的恐龙后来都灭绝了，今天我们可以通过恐龙的化石去想象或推测它们生前的样貌。根据现代考古学的发现，最高最大的恐龙是阿根廷龙。阿根廷龙直立时的身高可达十二米，相当于今天四五层楼房那么高。据估算，它的体重能够达到六十吨，相当于几百个成年男子的体重加在一起。

而在今天，最大的生物当数生活在海里的蓝鲸。蓝鲸全长一般在二十米到三十米之间，如果站立起来，是阿根廷龙高度的两三倍，它的体重也比阿根廷龙要重得多，可以达到一百五十吨。蓝鲸的舌头就能够站五十个人，它的心脏和路上的小汽车一样大。还在发育的幼鲸，在一天内体重可以增长九十公斤。虽然形体庞大，但蓝鲸却不像传说中的利维坦一样性情残暴；恰恰相反，蓝鲸是一种比较温顺的动物，它们一般不会主动去攻击海上的行船。

除了动物之外，植物中也有"巨无霸"，其中最为著名的就是北美巨杉。巨杉的高度可以达到一百米，这相当于约三十层楼的高度；而巨杉的直径长达十米，至少需要二十个人才能将其合抱起来。

十八、心心相印

爱情是人类传说故事永恒的主题。男生和女生究竟为什么相互吸引，是因为激情与直觉，还是因为共同的志趣和理想，中外的传说给出了不同的答案。

萧史弄玉

两千多年前的春秋时期，秦国的国君秦穆公有一个长得非常美丽的女儿，叫作弄玉。弄玉不仅长得漂亮，而且非常喜欢音乐，她特别擅长吹奏一种叫作"箫"的乐器。

弄玉慢慢长大成人，秦穆公想要找一个优秀的男孩子来给弄玉做丈夫。秦穆公找来了许多预备人选，有的人孔武有力，能征善战；有的文采飞扬，出口成章；还有的胸怀大志，满腹谋略。但是，弄玉却一个也不喜欢。这让秦穆公很是发愁，因为他不知道自己的女儿喜欢什么样的夫婿。

有一天晚上，弄玉独自坐在家里吹箫解闷。吹着吹着，她突然听到远处隐隐约约也传来一阵箫声。这阵箫声和她吹奏出的箫声相应和，自己的箫声低沉时，远处的箫声随之低沉，自己的箫声嘹亮时，远处的箫声也随之嘹亮。不仅如此，远处的箫声吹得比弄玉还要好许多。于是，弄玉请求父亲派人找到那个吹箫的人。

秦穆公答应了女儿的请求。派出去的人回来报告，在华山上，有一位相貌俊美的男子夜晚吹箫，引得凤凰下凡，聚集到了华山上。秦穆公连忙再次派人去把这位男子请回了家里。询问之下，才知道这位男子名叫萧史，是一位箫乐演奏大师。弄玉对萧史一见倾心，立刻向秦穆公表示，愿意选择萧史作为自己的丈夫。

于是二人结为夫妻，秦穆公为他们修建了一座楼台，叫作"凤凰台"。从此以后，他们每天都在一起吹奏箫乐。在萧史的教导下，弄玉的音乐造诣突飞猛进。

一天晚上，萧史和弄玉在凤凰台上合奏箫乐，乐声达到了完美的和谐境界，感动了天上的神明。于是天神降下一只赤色的龙和一只紫色的凤凰来接迎他们，萧史骑着龙，弄玉乘着凤，升天而去，最终成了天上的一对神仙眷侣。

今天的陕西省华山有一座"引凤亭"。传说，这就是当年萧史在华山上吹奏箫乐引来凤凰聚集的地方。

月桂女神达芙妮

小爱神丘比特是爱之女神阿芙洛狄特的孩子，这位小爱神拥有一张金弓、一支金箭以及一支铅箭。如果两人被他的金箭射中，那么爱情就会在这两个人的心中萌发，促使两人成为一对佳偶；但如果两人被铅箭射中，那么即使是相爱的人也会变得相互憎恶。

有一回，阿波罗见到丘比特正把弄着他的弓箭。于是，这位太阳神便上前警告小爱神，告诉他：弓箭很危险，不是小孩子的玩具。丘比特听了心中满是不服，于是他趁着阿波罗不注意，将金箭射向阿波罗。阿波罗在此时恰巧见到了河神之女达芙妮，阿波罗顿时爱上了这位美丽的女神。

而在此时，丘比特又拿起了一支铅箭射向达芙妮，达芙妮心中顿生厌恶，见到走上前来的阿波罗，她只想躲得远远的，她飞奔逃向了山谷。阿波罗于是拿出他的竖琴，弹出了悠扬的曲子，无论是谁听见了这优美的琴声都会情不自禁闻声寻去，连达芙妮也不例外。

达芙妮循着琴声找去，却发现弹奏竖琴的人是阿波罗，这位被铅箭射中的女神再一次跑开。达芙妮在前面跑，阿波罗则在后面追赶，两人跑了许久，达芙妮最终体力不支，被阿波罗赶上了。达芙妮发出绝望的呼救，河神听见了女儿的求救声，立刻把达芙妮变成一棵月桂树。只见，达芙妮的头发变成了月桂叶，双手变成了树枝，双腿变成了树干。

阿波罗见了这一景象，心中十分懊悔，他将月桂树的枝叶取下来，做成了桂冠戴在了自己头上，以表达对达芙妮的爱意。

 爱情观念

早在两千五百多年前的《论语》当中，孔子的优秀学生子夏

就曾经提出过"贤贤易色"的思想。它的意思是，男子在寻求伴侣的时候，不要把对方的容貌放在首要考虑的位置，而是应该首先关注对方的德行。

萧史弄玉，是中国文化中完美的爱情故事。它表达出中国传统文化中这样一种爱情观念：异性相互吸引，并不是因为对方的外貌、财富和权势，更重要的是因为对方具有和自己一样的人生志趣和精神追求，并且相互成为对方的知音，最终一同走向精神世界的永恒和谐。容貌会衰老，财富和权势随时可能改变，而只有精神上的水乳交融，才是爱情中永远不会褪色的底色。这和《论语》里子夏提出的"贤贤易色"思想有异曲同工之处。

而在阿波罗追求达芙妮的故事当中，我们可以见到希腊人不同于中国古人的爱情追求。从故事中，我们可以发现阿波罗与达芙妮并不像萧史和弄玉一样有着共同的爱好，他们之间唯一的共同点似乎只是——两人都是神。而两性感情的基础，则看上去出自非常偶然的事件。阿波罗对达芙妮狂热的爱恋发生于小爱神射出的金箭，这无疑体现出希腊人对激情与直觉的肯定，这与中国传统的爱情观念是大为不同的。

古希腊文明被后世视为欧洲文明的源头，古希腊神话传说中类似这样因偶然事件或者一时激情而产生的两性恋爱故事还有许许多多，这对后世欧洲文化，尤其是两性观念产生了重要的影响。我们可以在许多后来的欧美文学作品中看到这种重视容貌和一时激情的婚恋观念。19世纪，英国作家夏洛蒂·勃朗特在其著名的小说作品《简·爱》中借女主人公之口说出了这样一番惊世骇俗的话："你以为我贫穷、相貌平平就没有感情吗？我向你发誓，如果上帝赋予我财富和美貌，我会让你无法离开我，就像我现在无法离开你一样。虽然上帝没有这么做，可我们在精神上依然是平等的。"这表现出和东方文明接近的精神追求。

十九、人间仙境

普通人从人间的生活场景进入到奇异的仙境，然后开启一段奇妙的经历，是中外传说中长久不衰的故事模型。现代奇幻故事《哈利·波特》《纳尼亚传奇》都采用了这个故事模型。

刘阮遇仙

很久以前,有两个好朋友,一个叫刘晨,一个叫阮肇。有一天,这对好朋友相伴到天台山去采树皮。结果两人在山中迷了路,找了十几天都找不到回去的路。两人带的食物已经吃完了,体力渐渐耗尽。就在两人快要饿昏过去的时候,他们突然看到,高高的山峰上有一棵桃树,树上结满了大大的桃子。但是,如果想要吃到桃子,他们必须爬上这座又高又陡的山峰。虽然两人心里有些害怕,但他们还是横下心来,拽着岩石里的藤蔓向上攀爬。他们使尽所有力气,爬到了山顶,摘下桃子饱餐了一顿。

吃完桃子以后,两人去小溪边喝水。溪水边站着两位美丽女子。她们一见面就叫出了刘晨、阮肇两个人的名字,好像是认识多年的老朋友。两位女子热情地把刘晨和阮肇带回了家。在荒凉的山中,两位女子的房屋不仅大,而且修建得非常豪华,房顶上是黄澄澄的铜瓦,屋里的家具都镶着金银。这一幕让刘晨和阮肇惊讶得目瞪口呆。两位女子笑盈盈地告诉他们,她们是天上的仙女,而刘晨和阮肇刚才在山顶上吃的桃子是仙桃,吃下去就可以变成神仙。

就这样,刘晨和阮肇分别和一位仙女结为夫妇,在山中幸福地生活着。过了半年,刘晨和阮肇十分想念家里的亲人,向两位仙女提出想要回家看看,于是他们离开了天台山。当他们回到自己的家时，发现自己家里的人全都不见了，在家乡生活的人一个都不认识。一问才知道，现在的家里人是自己的第七代子孙。如今距离自己上山的时候，已经过去数百年了。刘晨和阮肇十分震惊，最后选择了默默离开。从此以后，再也没有人见到过他们。

爱丽丝梦游仙境

在西方文学中，也有许多关于仙境的故事，其中最有名的，应该是19世纪英国数学家兼作家查尔斯·道奇森创作的儿童小说《爱丽丝梦游仙境》。故事讲述了一位名叫爱丽丝的小女孩在梦中经历的奇幻冒险。在冒险中，爱丽丝吃到了能变成巨人的蛋糕，参加了疯帽匠的茶话会，勇敢地和红王后进行斗争……

梦境里，爱丽丝曾问柴郡猫："能不能请你告诉我，我该走哪条路？"柴郡猫回答说："这在根本上取决于你想到哪里去。"爱丽丝继续说道："我不在意要到哪里去。"柴郡猫接着回答："如果是这样，那你走哪条路其实都没有关系。"正如对话所展示的一样，《爱丽丝梦游仙境》是一部充满了哲思的童话。通过讲述爱丽丝的奇幻冒险，查尔斯·道奇森写下的是对人自我认识、自我成长的思考。

《爱丽丝梦游仙境》故事的展开与"刘阮遇仙"一样，都是讲人在进入奇幻世界之后，时间长短的改换。其中，刘晨、阮肇与两位仙女一起生活半年，可真实世界已过去数百年的时间；而从梦中醒来的爱丽丝，发现自己所经历的一切只不过是午后的一场梦。

 相对论

相对论是由著名的物理学家阿尔伯特·爱因斯坦提出的。相对论是关于时间与空间的物理学说，它给人们提供了一种观察、理解世界的全新视角。

为什么这么说呢？原来在相对论提出以前，人们是以牛顿的"绝对时空观"来观察世界的。绝对时空观认为，时间和空间是独立存在的，相互之间没有联系。比如，李白在他的文章里写道："夫天地者，万物之逆旅也；光阴者，百代之过客也。"意思是说，天地就像是万物居留的旅店，时间就像匆匆而去的过客。但相对论突破了这一观点，在相对论的理论中，时间与空间联系紧密，甚至和人所处的状态相关。

在现实生活中，相对论最广泛、常见的应用就是全球卫星定位系统；而在物理学内部，相对论向上继承、完善了经典物理学的体系，向下促使了量子力学的诞生。可以说，相对论是人类在20世纪提出的最伟大的物理学说。

二十、人生如梦

中国先秦时代的哲学家庄子曾梦到自己变成了一只蝴蝶，醒来后发出这样的感慨：不知是我做梦变成了蝴蝶呢，还是蝴蝶做梦变成了我？梦境与现实的交织，是中外神话创作的源泉之一。

南柯一梦

传说，在唐代的时候，有一个叫淳于棼（fén）的人。有一天，他去朋友家喝酒，喝醉以后，朋友就把他送回家休息。过了一会儿，有两个穿紫色衣服的使者登门拜访淳于棼，说槐安国的国王邀请他去做客。淳于棼感到很奇怪，但也不好推辞，于是就跟着紫衣使者上了一辆装饰华丽的马车，马车向槐安国驶去。

淳于棼来到了槐安国，却没想到，国王竟然想要把自己的女儿嫁给他。淳于棼心里乐开了花，很快就和槐安国公主结了婚。后来，淳于棼又被槐安国国王委以重任，封为南柯郡太守。

很快就过去了很多年，淳于棼努力工作，勤政爱民，把南柯郡治理得井井有条，百姓安居乐业。淳于棼受到了国王的信任和百姓的爱戴，同时，他和公主的感情非常好，生下了五个儿子和两个女儿，家庭生活也非常美满。

但此时突然传来战报，近邻的檀萝国率大军进攻南柯郡。淳于棼率兵御敌，可是他并没有带兵打仗的经验，很快就被敌军打败，全军覆没，连自己也差点被抓住。最后，他独自狼狈地逃回了槐安国的首都。槐安国国王虽然很不高兴，但淳于棼毕竟是自己的女婿，也就赦免了他战败的罪过。没过多久，公主突然生了重病，不到一个月就去世了。槐安国国王非常伤心，安葬好公主以后，国王对淳于梦说："你已经很多年没有回家了，现在就送你回家乡去看看吧。"然后，国王派当年接淳于梦的两位紫衣使者，又一次驾着马车把淳于梦送回了家乡。

当淳于梦回到家，他惊奇地发现，这么多年过去了，家里的摆设和情况还和当年自己离开的时候一模一样。这时，他听到有人叫他起床，睁眼一看，是喝醉酒以后送自己回家的朋友。原来，自己只是做了一个长长的梦。淳于梦醒来以后，按照梦中记忆的方向去寻找槐安国。最后，他在路边发现了一棵巨大的槐树，槐树下有一个大大的蚂蚁窝。在蚂蚁窝里，他找到了像城市一样的道路和蚁王居住的小土堆，就像梦中见到的槐安国一样。

睡神修普诺斯

修普诺斯是古希腊神话中的睡神，他是黑夜女神倪克斯的孩子。修普诺斯和死神塔纳托斯是一对孪生兄弟，虽然是亲兄弟，但是他们的性情却大不相同。塔纳托斯性情冷酷，能夺走万物的生命，而修普诺斯性情比较温和。当母亲让黑夜降临人间时，修普诺斯会在大地上派遣使者，慷慨地给予人类酣沉的睡眠，所以人们非常喜欢这位能给人间带来休息的神明。

在传说里，修普诺斯是一个长着翅膀的神灵，当他扇动翅膀的时候，所有人会陷入深深的沉睡之中。不仅仅是人，就算是奥林匹斯山上的众神也不能抗拒修普诺斯的催眠术，奥林匹斯山上地位最高的神明宙斯也不例外。

人类世界曾发生一场大战——特洛伊战争，敌对的双方是希腊人和特洛伊人。天后赫拉希望希腊人赢得战争，但丈夫宙斯并不支持自己。于是，赫拉拜托睡神修普诺斯，希望他将宙斯催眠，以便自己能够帮助希腊人。修普诺斯惧怕宙斯的权威，一开始并没有答应赫拉。于是赫拉把女神帕西提亚嫁给了修普诺斯，修普诺斯无法抗拒这种诱惑，最终帮助赫拉催眠宙斯。事情发生之后，宙斯十分愤怒，四处追杀修普诺斯，还把这位睡神从奥林匹斯山赶到了地府里。

修普诺斯后来和女神帕西提亚生了三个孩子，这三个孩子是掌管梦境的梦神，他们分别是伊刻罗斯、方塔苏斯、摩耳甫斯。在大地沉睡之时，这三位梦神会幻化成人类、动物以及没有生命的物体，共同构建万物的梦境。

 梦从哪来？

到目前为止，关于梦形成的原理，现代科学还没能完全解

释清楚。有一种理论认为,梦是大脑在睡眠中释放出的一些"神经脉冲",这被人类的意识读取为各种各样的视觉和听觉。所以从感觉上,梦境中的事物就好像真实的一样。

一百多年前,心理学家弗洛伊德写了一本书,叫《梦的解析》。在书里,弗洛伊德认为:"潜意识"是人类思维中很重要的一部分,而每个人做的梦往往就是"潜意识"的反映。

什么是"潜意识"呢?简单来说,"潜意识"就是人们藏在内心最深处的愿望。通过回忆、解读自己的梦,人们可以发现自己内心深处最想要的东西。但有些愿望,我们并不能在现实中得到满足。比如说,有些人会梦到在天上飞翔,然而人并不像天使那样拥有翅膀,所以我们会在梦里幻想自己飞翔的场景,让这个愿望在梦中得到满足。

尽管后来关于梦境的科学解释越来越丰富,研究手段也越来越先进,但是大多数还是沿着弗洛伊德的理论出发去建构自己的理论体系。可以说,虽然科学界目前还没有对梦境形成一致的看法,但是弗洛伊德的《梦的解析》至今还引导着人们对梦境理解的方向。它最大的理论贡献就是:强调梦境是人类深层意识的一种呈现,可以反映出许多日常无法察觉到的自我意识。

正是因为梦境具有反映人类潜意识的功能,而到目前为止,现代科学仍然无法准确解释梦境的形成原理,所以无论在古代社会还是现代社会，人们总是对梦境充满了好奇，这也使得梦境成为文艺创作的重要素材。在现代，有许多以梦境为主题的文艺作品，比如西班牙绘画大师毕加索的油画名作《梦》，日本电影导演黑泽明晚年拍摄的电影名作《梦》，日本动画大师今敏的动画电影《红辣椒》，英国电影导演诺兰的科幻电影《盗梦空间》……

也许，随着现代科学技术的进步，未来的人们终有一天会搞清楚做梦究竟是怎么一回事。在这一天到来之前，人们依然会对梦境充满各种奇幻的想象。毕竟，这是和我们的人生经历联结最紧密的一片未知空间。

二十一、海洋之神

在人们的想象中，浩瀚无边的海洋里蕴含着无数的资源、宝藏，也居住着许许多多的超自然神明。不同的民族对海洋之神的想象各不相同，让我们一起来看一看。

天后妈祖

在一千多年前,位于今天福建省的湄洲岛上住着一户姓林的人家,这家人生下了一个小女孩。她不像一般的孩子那样哇哇大哭,而是对着人笑。于是,她的父亲就给她起名叫林默娘。林默娘一天天长大,成了一个知书达礼、美丽大方、热心帮助别人的女孩子。同时,林默娘天生就有一些神奇的本领,比如预知天气的变化。

有一天,天气晴朗,海面上风平浪静,一艘做生意的大船准备出海远航。林默娘急忙找到船主,告诉他暴风雨马上就要来临,千万不要出海,否则会非常危险。船主抬头看看天,按照自己多年来的经验,他觉得暴风雨并不会来临,所以船主没有听从林默娘的劝告,坚持把船开出了港口。可是,没开出多远,突然间风雨大作,船主想要返航,可是风雨太大了,根本辨不清方向。林默娘心里非常焦急,她赶忙跑上山,点起火把,想为大船指引方向。但是,小小的火把在狂风暴雨中太不起眼了,没有办法让船员看到。林默娘决定把自己家的房子点燃,房子燃起了熊熊大火,暴风雨中船员们看到了海岛的方向,最终得以安全返航。

随着年龄的增长,林默娘的本领也越来越大。传说,她能够在海面上飞翔、巡游,去降服那些在海里兴风作浪的海怪。她甚至命令龙王,管好海里的各种生物,保护好海路上过往的渔民和商船，不许危害人类。由于林默娘的法力高强，连海里的龙王也只能恭恭敬敬地听从她的命令。

传说，人们如果在海上遇到风浪或者是各种危险，只要大声叫出她的名字，就能够平息危险。后来，人们把林默娘尊为妈祖，意思是像母亲一样保佑自己的神明。

海神波塞冬

在古希腊神话中，也有一位海洋之神，他的名字叫波塞冬。这位海神身材魁梧，性格暴躁，手握三叉戟，驾驭着由白马拉动的黄金战车驰骋在海洋上，周围有海豚跟随。当他愤怒时，会挥动三叉戟，掀起海啸，引发地震，足以让大地沉没在滔天巨浪之中。但波塞冬也有令人亲近的一面，他可以为沿海的居民带来风调雨顺的时节，因此希腊的海员和渔民都对波塞冬十分崇敬。

传说在一座海岛上，波塞冬曾与一位人类少女结合，生下了十个孩子。于是，海神把这座岛划分为十个区域，分别让自己的十个孩子来统治。这个在海岛上建立起来的王国就是传说中的亚特兰蒂斯。亚特兰蒂斯的中心，有着供奉波塞冬的神庙。

最初的亚特兰蒂斯人诚实善良，有着无比的智慧，坐拥巨大的财富。但随着时间的流逝，亚特兰蒂斯人的野心逐渐增长，他们开始攻占周边的国家，自己的生活也日渐腐败堕落。这样的行为激怒了奥林匹斯山的众神，宙斯在一夜之间降下雷霆，地震颠覆了岛屿，海水淹没了城市。最终，亚特兰蒂斯岛在茫茫不可见的大海中沉没。

 海的潮汐

古时候在海边生活的人们就已经注意到海洋的运动了。在白天涨落的海水，古人们把它叫作"潮"；在夜晚涨落的海水，古人们把它叫作"汐"。这两个词沿用至今，我们如今就把海洋的涨落叫作"潮汐"。古人可能会把潮汐的出现归结在海洋之神身上，但现代科学的发展让我们对海洋的运动有了更加深刻的认识。

在17世纪的英国，有一位著名的物理学家牛顿，他提出了万有引力定律。什么是万有引力呢？简单来说，就是物体之间会像磁铁一样相互吸引，两个物体的质量越大，距离越短，那么引力也就越大。潮汐，正是星体之间的引力造成的，而太阳和月亮，是对地球引力作用最大的星体。因此，当太阳和月亮靠近地球的时候，地球上的海水就会被它们"吸"起来，我们就会看到海水涨潮；当太阳和月亮没有那么靠近地球时，海水受到的引力就变小了，我们就会看到海水落潮。

二十二、想象巨大

远古时代的人类在面对天空、大海、高山、江河……这些巨大的自然界事物的时候,会直观地感受到自身的渺小。所以他们总是会想象,如果自己能够变得无比巨大,将会是一番怎样的景象呢?

龙伯巨人

传说，在茫茫的大海深处，有一个国家叫作龙伯国。这个国家生活着许多巨人，但从没有人知道他们是什么样子。

在距离龙伯国很远很远的地方，有五座漂浮在海上的巨大仙山。据说山的周长有三万里，山顶平坦的地方也有九千里那么宽。山上生长着令人眼花缭乱的宝树和仙果，住着数不清的仙人，在空中自由地飞来飞去。而更加神奇的是，这五座仙山之所以漂浮在海面，是因为有十五只巨大的神龟在下面驮着。

有一天，龙伯国的一位巨人在家里待得有些烦闷，想外出走走。虽然五座仙山距离龙伯国很远，但龙伯巨人实在是太大了，他站起身来，只跨了几步，就来到了五座仙山。巨人仔细一看，见山下有十几只龟。于是，这位巨人回家拿了一只钓鱼竿往海里一扔，一下子就钓起了六只大神龟。巨人把六只神龟背在背上，带回了家。

巨人没有想到，被神龟驮着的仙山可遭了殃。没了那六只神龟，有两座仙山一下子就沉到了海底，而仙山上的仙人们也失去了自己的家园。于是，仙人们纷纷飞到天上，去找天帝告状。天帝一听，便施展法术，让龙伯国的巨人们每天都变小一点，他们再也没办法像以前一样"捣乱"了。

几千年里，龙伯国的巨人每天都在缩小，但依然很巨大。传闻，龙伯巨人现在已经缩小到了三十丈那么高。丈，是中国古代的距离单位，一丈大概相当于现在的三米。而三十丈，差不多相当于三十层楼那么高。

巨人尤弥尔

在北欧的神话传说中，原初的世界混沌一片，但混沌的世界里有一个巨大的深渊，名叫金伦加鸿沟。金伦加鸿沟的北面，终年迷雾弥漫，冰雪覆盖；而鸿沟的南面，却终年燃着熊熊烈火，光芒四射。

鸿沟有河水流入，北面的冰雪让河流冻结，而南面的火焰又让河流融化。这条河在金伦加鸿沟里冻了又融，往复了千万年。最终，河流孕育出了世界上最早的生命——巨人尤弥尔。在尤弥尔诞生不久之后，一头巨大的母牛也从河流中诞生，尤弥尔喝着母牛的乳汁，一天天健壮起来。有一天，尤弥尔在饱餐之后睡去，他的腋下长出了一男一女两个巨人，脚下又长出了一个有六个头的巨人。从那以后，巨人族就开始在混沌的世界中繁衍。

后来，喂养尤弥尔的母牛到鸿沟北面舔食一座冰山，冰山被它舔出一个人形,这是诸神的始祖布利。布利诞生后,也诞下了自己的后代,他有三个孙子——奥丁、威利、菲。在一次战争中,布利被尤弥尔杀死,但尤弥尔也遭到了奥丁三兄弟的报复而死去。

巨人尤弥尔死去时,他的血液喷涌,导致了一场大洪水,淹死了许多巨人。而奥丁三兄弟则将尤弥尔的尸体用来创造世界,尤弥尔的头骨变成了天空,身体变成了大地,骨骼变成了山脉,毛发变成了树木。自那以后,原初混沌的世界变成了今天的样子。

不可能存在的巨人

从古到今,对巨人或者巨型生物的想象一直存在于人们的脑海中。比如说,在古希腊神话传说中,奥林匹斯山上的诸神就是泰坦巨人的后代,它们是在奥林匹斯诸神之前统治世界的古老神族。在欧洲许多语言中,"泰坦"一词就是巨大的意思。1912年,一艘由英国出发前往美国的巨型邮轮被命名为"泰坦尼克号",就是取"巨大"的意思。然而不幸的是,这艘巨型邮轮因为撞上冰山而沉没在大西洋里。

在现代影视作品中也有许多巨人或者巨兽的形象。比如说,少年儿童非常喜欢的影视人物奥特曼,就是一系列巨型超人。

也许小朋友们会在家里的桌子上摆放一些奥特曼玩具，可是你知道吗，根据奥特曼主创团队的设计，最小的奥特曼身高也有二十四米，相当于八层楼那么高，而大的奥特曼高达六百多米。这么高大的巨型人物，却依然和普通人类一样拥有灵活的可以支撑身体的四肢，灵活地和外星人作战，这在现实中其实是不可能的事情。

早在20世纪，科学家们就已经证明巨人不可能存在。英国生物学家朱利安·赫胥黎首先阐明了异速生长理论。根据这个理论，我们可以知道巨人不能存在的原因。简单来说，一种动物的体型如果变大一倍，那么它自身的重量可能会增长好几倍，这个时候，虽然骨骼也会随着变大，但它不能再像原来一样支撑起整个身体。关于这一点，小朋友们只要在初中学过基础物理知识就能明白，它涉及长度、高度和体积、重量之间的关系。比如，大象的腿很粗很粗，它的身体与腿部的比例和人的比例完全不一样，这是因为大象需要更粗更大的腿来支撑笨重的身体；反观我们人类，由于我们的体型和重量并不大，所以说我们的腿比起大象会细很多。同时，我们会发现体型和重量越小的动物，它们的四肢会越细，比如说蚊子，还有许多小型昆虫，它们的腿部很纤细，却依然可以支撑起自己的身体。所以说，如果巨人真的存在，它们可能笨重到无法移动身体。

　　除此之外，因为体型和重量的增大，一些很重要的器官就可能没有办法像原来一样发挥作用。比如，肺部会没有办法提供足够的氧气，这样会导致体型变大、重量变大之后的生物体需要的能量难以维持。按照这样的逻辑，巨人就算存在，它们也难以生存下来。

二十三、绝美女神

在中外神话传说中，女神是完美无瑕的，她们不仅拥有超自然的力量，而且在外貌上具有无可挑剔的美丽。关于极致的女性美，中国文化和西方文化有着不同的观念，让我们来感受一下中西方的女神各是什么样子。

洛神宓妃

洛指的是洛水，就是今天我们所说的洛河。洛河是黄河的一条支流，发源于我国的陕西省，在河南省汇入黄河。传说黄河有一位河神，叫作河伯；而河伯的妻子是洛河的河神，被称为洛神。这位洛神还有另外一个名字，叫作宓妃。人间一直流传着关于她美貌的传说。两千多年前，中国古代的大诗人屈原在《离骚》中写道："我命令风神快带着我飞向天空啊，我要去寻找洛神居住的地方。"

屈原写下《离骚》后，过了五百年，中国的历史发展到了三国时期。那时有一位大诗人曹植，他在从首都洛阳返回封地鄄（juàn）城的途中，有幸见到了这位绝世女神，并专门为她写下了一篇流传千古的美文，叫作《洛神赋》。其中是这样描写洛神的："她的形影轻盈，像惊飞的鸿雁，婉转像游动的蛟龙。她的高矮肥瘦都恰到好处，秀美的颈项上皮肤白皙，发髻高耸如云，长眉弯曲细长，红唇鲜润，牙齿洁白，一双目光流动闪亮的眼睛，脸蛋上有两个甜甜的酒窝。她姿态优雅，举止文静，身披明丽的罗衣，戴着精美的佩玉，头戴金银翡翠首饰，搭配全身闪亮的明珠，脚着饰有花纹的远游鞋，拖着薄雾般的裙裾，隐隐散发出幽兰的清香，在高山之巅徘徊徜徉。"

曹植想要越过高山去和洛神相见，可是人神有别，曹植总是无法靠近她，最后，只能失望地离去。

金苹果

传说，人类英雄帕琉斯和海洋女神忒提斯举办了一场盛大的婚礼，奥林匹斯山上的众神都受邀前往。但这场婚礼唯独没有邀请厄里斯，她是专门在人间散播痛苦和仇恨的女神。由于没有收到邀请，厄里斯很愤恨，她决定在这场婚礼上引起诸神的纷争。

厄里斯在婚礼上呈送了一个金苹果，这个金苹果上写着"献给最美的女神"。这时候，有三位女神全都认为自己才是最美丽的，她们分别是智慧女神雅典娜、天后赫拉、爱之女神阿芙洛狄忒。三位女神争执不下，众神之王宙斯也感到十分为难。于是，宙斯决定让特洛伊国的王子来评判，谁才是最美的女神。

特洛伊王子名为帕里斯，三位女神都希望帕里斯把金苹果判给自己，所以她们分别给帕里斯开出了诱人的条件。智慧女神雅典娜许诺，她将赐予帕里斯巨大的智慧力量，让他成为一个真正的英雄；天后赫拉答应帕里斯，他将获得无上的权力；爱之女神阿芙洛狄忒表示，她能够让世界上最美的女子爱上帕里斯，并能够让两人结为夫妻。

帕里斯思来想去，最终把金苹果裁定给阿芙洛狄忒。后来，在阿芙洛狄忒的帮助下，帕里斯掳走了斯巴达的王后——海伦。在传说中，海伦是人间最美貌的女子。帕里斯与海伦坠入爱河，但这也引起了希腊人的嫉恨。在斯巴达的领导下，希腊人组成联军进攻特洛伊，长达十年的特洛伊战争就此展开。

 **女性审美**

在中国古典文化中，最高级的女性美，是典雅的、飘逸的。这样的典雅和飘逸只能够远远地欣赏、崇拜，甚至连屈原、曹植这样灵性十足的大诗人也无法靠近。博物馆里中国古代绘画中的女性往往就以这样的形象姿态出现。比如敦煌壁画中有许多飞天神女，文人画里的仕女，都有这样容貌典雅、衣裙飘逸的特点。这是属于中国文化的一种独特的审美风格。

在西方古典文化中，女性的美丽有一套标准的尺度。最早如古埃及、古希腊的人们就已经开始用精确的尺寸和比例去规定美丽的标准了，比如说，眼睛多大，五官之间的距离有多长，等等。依照这套标准，希腊人创作了无数伟大、美丽的雕塑，其中的女性雕塑往往有着灵动的身形以及宁静肃穆的神情，这是西方最古典的审美范式。同时，在西方文化中，女性之美还常常和罪恶联系在一起，所以"最美的女神"海伦，就被认为是特洛伊战争的源头。

二十四、宽广壮阔

中国先秦时代的哲学家老子曾经说过"长短相形,高下相倾",意思是长和短、高和低,都是在事物的对比中产生的。在中外神话中,关于空间大小的想象,很多时候都贯穿着这种比较、相对的智慧。

望洋兴叹

传说,在很久很久以前,有一年秋天,天上下起了大雨,这场雨一连下了很长时间,涨水的河流汇入到黄河之中,把黄河都给灌满了。黄河的河面非常宽广。河面究竟有多宽呢?人如果站在河岸一边往对岸看,连对岸的动物是牛还是马都看不清楚。被秋水灌满的黄河不仅宽广,而且汹涌澎湃,一个浪头接着一个浪头地拍打河岸,非常壮观。河伯是黄河的河神,他看到这样的景象,心里十分得意。河伯心想,如此宽广壮观的景象,也只有在他管理的黄河才能看到。

于是河伯顺着黄河的流向而下,朝大海漂去。他想亲自到大海去看看,涨水的黄河究竟比大海宽广多少。河伯来到海边,他看见海面上非常平静,可是一眼望去,根本看不到海的尽头。于是,河伯在海面上东游西荡,想要找到大海的边界,可是无论他去往哪一个方向,始终看不到对岸在哪里,到处都是无边无际的海水。

面对比黄河宽广不知道多少倍的大海,之前得意扬扬的河伯此刻变得非常失落。面对大海,他不禁发出了这样的感慨:没想到我的见识是这样浅薄啊!

大千世界

"大千世界,恒河沙数"是印度佛教对于世界之大的想象。《起世经》描述:"一千个世界集合为一个'小千世界',一千个小千世界集合为一个'中千世界',一千个中千世界集合为一个'大千世界'。"《金刚经》里讲道:"以七宝满尔所恒河沙数三千大千世界……"恒河是印度的一条大河,恒河中有无数的沙子,而世界上又有无数像恒河一样的大河。佛经借这一比喻来说明,大千世界的数量像恒河里的沙子一样多。

"大千世界,恒河沙数"的比喻其实与"望洋兴叹"很像,都是在不断地想象世界究竟有多大,这种想象不停延展,直至无穷。两者都在讲同样一个道理:走出自己的世界,就能够发现更大的世界。这就和我们日常生活中常说的"山外有山""天外有天"一样。

地球有多大

在1977年,人类向太空发射了一艘太阳系空间探测器——"旅行者一号"。"旅行者一号"的主要任务是探测太阳系,具体来说是探测木星和土星。而从发射一直到今天,已经过去了四十多年的时间,"旅行者一号"仍在太空飞行。现在它已经到达了太阳系的边缘,终有一天它会飞出太阳系,驶向茫茫的宇宙深处。

地球在太阳系中究竟有多大呢?可能你会对一些科学上的数据感到迷茫和陌生,但不妨让我们打个比方。太阳和月亮是我们最为熟悉的星体,如果把太阳缩小成一个篮球的大小,那么地球只相当于一粒米这么大,而月亮只有半粒芝麻这么大。太阳和月亮的大小相差如此之多,但为何它们在天空上看起来都只和酥饼一样大?原因就在于,太阳离地球实在是太远了,而月亮和地球之间的距离则要近得多。天上还有许多小星星,它们实际上有些甚至比太阳还要大,不过因为距离太远,在地球上的我们只能看到一小点闪亮的光。

我们以为地球已经足够广袤。但当观测太空中的星体时,人类就像看见了大海的河伯,跳出井口的小青蛙一样。即便如此,我们仍然需要保持一颗积极探索的心,带着热情去发掘世间万物的奥妙。

二十五、勇斗恶龙

在中外神话传说中，人类英雄总是能够在危难之际挺身而出，无所畏惧地迎战邪恶势力，尽管过程艰险，但他们都终将战胜邪恶，造福人类。

李冰斗蛟

四川有一条大江,叫作岷江。在两千多年前,岷江经常泛滥,淹死了很多人。传说,岷江里住着一位江神,这位江神每年都要娶两位年轻的女孩子做妻子,如果不满足这个要求,那么江神就会发怒,涨起大水惩罚人类。所以每年老百姓们都不得不选两位女孩子,把她们打扮得漂漂亮亮,投到岷江里献祭给江神。

直到有一天,四川来了一位地方官员,叫作李冰,他听说了这件事以后,决定为民除害。李冰吩咐大家摆好祭台,然后站到祭台上对着岷江的江神大声说道:"江神只有造福百姓,才有资格享受百姓的祭祀,如果你危害百姓,那么你就不配受到大家的尊重。就让我来打败你!"

说完,李冰拔出宝剑,纵身一跃,跳进了岷江之中。过了一会,大家发现江面上出现了两头巨大的青牛,它们殊死搏斗,打得难解难分。其中一头青牛腰间有一条白色的印记,大家认出了那正是李冰的腰带。于是大家鼓起勇气,帮助有白色印记的青牛,向另一头青牛发起进攻,最终杀死了对方。

有白色印记的青牛摇身一变,变回了李冰的模样。原来,李冰竟然是一位精通法术的仙人。李冰告诉大家,岷江的江神是一条蛟龙，刚才自己跳进江里施展法术，同时变成了青牛进行搏斗。现在，蛟龙已经被杀死，尸体沉入了江底，以后再也不会危害人间了。百姓们一听，纷纷跪倒在地感谢李冰，并在河岸边建造了一座"伏龙观"来纪念李冰打败蛟龙的伟大事迹。一直到今天，我们去都江堰旅游，还能看到这座伏龙观。

美杜莎

在古希腊神话传说中，有一位名为珀尔修斯的英雄，他与自己的母亲漂泊异乡，在一个王国中定居下来。珀尔修斯的母亲名为达娜，达娜十分美丽，年轻时与众神之王宙斯结合，生下了珀尔修斯。

达娜被当地的国王看上，国王贪恋达娜的美色，想要纳达娜为妻。然而，达娜始终以要抚养自己的孩子为理由，拒绝了国王。因此，珀尔修斯也就成了国王的眼中钉。不知不觉十余年过去了，珀尔修斯已经成长为一个英俊的少年。

在珀尔修斯十八岁的那一年，国王举办了一次生日宴会，国王邀请珀尔修斯前来参加，并寻找机会羞辱他。珀尔修斯参加宴会的时候没有带任何礼物，他向国王许诺，只要是国王想要的，自己都能带回来送给国王做礼物。国王为了逼走他，就故意向珀尔修斯索要美杜莎的头颅。美杜莎是蛇发女妖，传说凡是看见她的眼睛的人都会变成石头。

然而，珀尔修斯并不知道杀死美杜莎是一件多困难的事情，他一口答应下来，瞒着母亲出发了。在路上，珀尔修斯遇到了一位渔夫，原来这位渔夫是智慧女神雅典娜的化身。雅典娜赐予珀尔修斯几样宝物，它们分别是：神使赫尔墨斯的鞋子，穿上它的人可以飞到天上；冥王哈迪斯的帽子，戴上它的人可以隐身；一把宝剑以及一个盾牌，珀尔修斯可以用它们与美杜莎进行搏斗；最后是一个连猛兽都无法咬烂的袋子，珀尔修斯可以用它装下美杜莎的头颅。

在智慧女神雅典娜的帮助下，全副武装的珀尔修斯杀死了蛇发女妖美杜莎，并将她的头斩下，准备带给国王。回到家之后，珀尔修斯发现，自己的母亲因为拒绝了国王的求婚而被囚禁起来。珀尔修斯感到十分愤怒，前去找国王对峙。然而，国王并不相信珀尔修斯带回了美杜莎的头颅，珀尔修斯直接将美杜莎的头颅从皮袋中取出，提到国王面前。

国王看见美杜莎的眼睛，瞬间变成了石头。当地的人们想要拥戴珀尔修斯成为新的国王，但他将王位让给了别人，带着母亲离开了王国。

 都江堰

古代的四川是一个水旱灾害十分严重的地方。长江有一条支流，名为岷江，岷江流经成都平原，由于气候与地形特殊，岷江在雨季时水势涨得很快，水流十分湍急。每当洪水泛滥，当地的农作物往往被水淹没，以至于颗粒无收，人民的生活苦不堪言。

而秦朝时期的蜀郡太守李冰父子的出现，改变了这一切。李冰父子率领当地的人们，修筑了著名的水利工程——都江堰。都江堰有一个重要的部分，名为"分水鱼嘴"。分水鱼嘴把整个岷江一分为二，东边的岷江被分出来灌溉农田，西边的则是岷江的正流，最终汇入长江。除了分水鱼嘴之外，都江堰还有著名的"宝瓶口""飞沙堰"。这几个部分联合起来，起着引水灌田、分洪减灾的作用。自从有了都江堰，岷江的水流平缓了许多，甚至发展出了航运功能。

自都江堰修建至今，已过去了两千多年，它就像一座卧在岷江中的巨神，庇佑着一方百姓。四川有"天府之国"的美称，正是说明都江堰起着至关重要的作用。

都江堰是中国历史上重要的水利工程，也是世界历史上的一道奇观。它的工程总量浩大，结构设计科学而精巧，在没有

现代工业机械支持的条件下完成这样的壮举，令前来参观的游客叹为观止。它充分体现了中国古人的科技智慧，表现出在与残酷的大自然搏斗的过程中敢于改造自然的大无畏精神。所以，今天的都江堰不仅是一座重要的水利设施，也是世界文化遗产和世界自然遗产，同时还是全国重点文物保护单位和国家级风景名胜区，它是中华民族精神中勤劳、勇敢、善于钻研的象征。

都江堰所在的城市由它得名，被称为都江堰市。这是一座毗邻四川省省会成都的城市，中国著名的道教名山青城山也坐落于都江堰市内，每年都江堰和青城山游人如织，络绎不绝。在良好的城市管理下，都江堰市被评为中国优秀旅游城市和国家历史文化名城。如果有机会的话，你一定要去都江堰走一走，看一看，去切身感受一下中国古人的伟大创造。

二十六、珍惜才华

人类历史上一切精彩的艺术创造,都离不开创作者在创作过程中激情迸发的灵感。灵感这个看不见摸不着的东西究竟是怎么来的?古代的人们总是把它归因于神明的恩赐。

江郎才尽

在一千五百多年前,有一位大文学家,他的名字叫作江淹。小时候,江淹的家境很贫困,可是他非常聪明,而且学习非常刻苦,从小就被人称作神童。江淹六岁就能写诗,到二十岁的时候,年纪轻轻就被请去给皇帝的儿子做老师。

江淹年轻的时候,文学水平非常高,名气也非常大,所以被人称作"江郎"。"郎"这个字,在古代专门用来指外貌英俊、才华出众的年轻男子。江淹写作的《恨赋》和《别赋》,是中国文学史上传唱千古的杰作。

不过,江淹到了晚年的时候,却再也写不出好的作品来了。因为传说有一天,江淹晚上睡觉的时候做了一个梦。在梦里,江淹梦见一位仙人对他说:"曾经我把一支神笔放在了你这里,现在,请你把它还给我吧。"江淹摸了摸自己的衣服,果然在自己的怀里发现了一支神笔。江淹把神笔还给了仙人。醒来以后,江淹发现自己的脑袋里空空荡荡,什么好的作品都写不出来了。

在那场梦以后,江淹再也没有写出过一篇让人称赞的诗歌或者文章,人们感到非常失望。于是有了"江郎才尽"这个成语,意思是江淹毕生的才华已经用尽了,再也创作不出好的作品来了。

文艺女神缪斯

在古希腊神话中,"缪斯"是掌管文艺、科学的女神的总称,所以,缪斯女神一共有好几位。缪斯女神们掌握着高超的文艺技巧,她们有的擅长音乐,有的擅长舞蹈,有的擅长诗歌。因此,缪斯女神们常常会给予歌手和诗人以灵感和鼓励。

不仅如此,缪斯女神们特别喜欢与他人竞赛。还记得曾经阻拦奥德修斯船队的海妖塞壬吗?塞壬曾经有美丽的翅膀,她和缪斯女神们一样擅长音乐,歌声十分动人。因而,塞壬和缪斯曾经进行了一场音乐比赛,但最终塞壬不敌缪斯女神们,在比赛中败落。塞壬的翅膀被缪斯夺走,被女神们编织成象征着胜利的王冠。之后,塞壬就不得不生活在大海或浅滩上,变为了人们传说中的海妖。

英语中有一个单词,叫作 Museum,意思是"图书馆",这个单词本来的意思是"缪斯的崇拜地",也就是知识和才华聚集的地方。

 才华的源泉

在古时候,人们往往会将才华视为神或者上天的礼物。比如,

西方人认为自己获得灵感，是得到了缪斯女神们的垂青；而中国的古人，则会把一个人的才华视为某位仙人给予他的宝器。

然而，伴随着现代科学的发展，尤其是心理学、神经学对人类的智识领域进行的不断探索，我们对人类才华的源泉有了更加理性的认识。一个人是如何在某个领域成为大师的？关于这个问题，一些研究者给出了他们的答案，其中有一种被称为"一万小时定律"的通俗理论广为人知。

"一万小时定律"是指，任何人如果想要在某个领域成为专家，那么他必须经过一万个小时的练习。具体而言，如果一个人每周工作五天，每天工作八小时，如此持续五年，那么他就有可能成为某一个领域的专家。但需要注意的是，一万小时只是一个相对平均的数值，每个人的资质不一样，从事工作的难度也不一样。因此，不同的人如果想要成为不同领域的专家，他们所需要的时间也是不一样的。

"一万小时定律"带给我们最重要的启示，就是任何人的才华都不是与生俱来，或者神明赐予的，只有经过坚持不懈地努力，才有可能锤炼出过人的才华。

二十七、游艺人生

人类在漫长的历史岁月中发明了许多趣味无穷的游戏。当人们全身心地投入游戏当中时，时间仿佛可以神奇地发生改变。本质上，游戏就是令人快乐地度过时间的一种事物。

烂柯山人

传说在一千多年以前，有一位樵夫带着斧头上山砍柴。这位樵夫走到大山里的时候，远远地看见一棵大树下坐着两位头发和胡子都已经花白的老人家。这两位老人面对面坐着，一动也不动，樵夫悄悄地走到两位老人旁边一看，原来这两位老人正在下围棋。

两位老人下得全神贯注，连樵夫走到了旁边也没有发现。正巧的是，樵夫也十分喜欢围棋，于是他放下手里的斧头和柴火，站在一旁，看着两位老人在棋盘上针锋相对，你来我往。他一边看，一边心里暗暗称赞两位老人高超的棋艺。

樵夫看着看着，不知不觉间忘记了时间的流逝。也不知道过了多久，两位老人终于下完了这盘棋。这时，其中一位老人回过头来看着他，说："小伙子，你的斧柄已经烂掉了。"樵夫往地上一看，斧柄果然已经腐朽烂掉了，好像是已经过了很长的时间。樵夫心里一惊，再抬起头来，发现两位老人和棋盘都消失不见了！

樵夫赶紧带着斧头和柴火下山，回到家才发现，家乡的样貌发生了很大的改变，乡人们一个也不认识了。原来在自己看老人下棋的时候，山下已经过去了几百年。樵夫这才明白过来，原来自己在山上遇到了仙人。于是，他重新回到山上去寻访仙人，从此以后再也没有回来。传说，他也在山里修炼成了神仙。

和死神下象棋的骑士

在欧洲，最流行的棋类项目是象棋。为了和中国象棋有所区分，欧洲的象棋一般叫作国际象棋。20世纪50年代，瑞典电影《第七封印》讲述了一个和国际象棋有关的神话故事。

中世纪的欧洲瘟疫流行，许多人因此失去了生命。十字军骑士布洛克遇上了收割生命的黑衣死神。死神原本想立刻带走布洛克的生命，可是此时布洛克的心中充满了对生命的疑惑，需要时间来寻求答案。于是，布洛克和死神进行了一场国际象棋比赛，并立下赌约，如果布洛克输了，就任由死神带走他的生命；如果布洛克赢了，就可以继续活下去。

于是，布洛克一边和死神进行着棋赛，一边在人间苦苦寻求生命的真谛。最终，布洛克输掉了棋局，被死神带走，但是他在用下棋赢来的时间里获得了他想要的答案，那就是孕育生命和爱。

"阿尔法狗"

"阿尔法狗"是围棋人工智能程序。什么是人工智能？简单来说，人工智能是人类创造出来的一种计算机程序，计算机可以学习、模拟人类的思维过程，学习人类的一些智能行为。

作为人工智能，"阿尔法狗"在围棋领域已然成了世界顶级的大师。它学习了人类数以百万计的棋谱，并通过自我训练，找到了前人未曾尝试的新策略，发现了新的游戏规则。在2016年3月，"阿尔法狗"迎战世界顶尖围棋选手李世石，以4∶1的比分取得胜利。在2017年，它又击败了世界围棋冠军柯洁，以3∶0的比分取得胜利。

当下，"阿尔法狗"的棋艺已经完全超过了人类的顶尖水平，它与人类之间的竞赛给世界带来了巨大的震动。"阿尔法狗"的出现只是人工智能发展的一个信号，除了围棋领域，各行各业的"阿尔法狗"都将出现，全新的时代将在全新的技术中被孕育出来。

二十八、见义勇为

见到别人需要帮助，自己就应该毫不犹豫地伸出援助的手，这是人类共同赞扬的美德。在中外神话传说中，不计回报地尽力帮助他人是普通人升华为英雄的必经之路。

柳毅传书

传说，在唐代的时候，有一位书生叫作柳毅。有一年，他去京城参加科举考试，但没有考取。唐代的京城在长安，也就是今天陕西省西安市。

长安附近有一条泾河，在河边，柳毅看见一位牧羊的女子在悲伤地哭泣。于是，他走上前去，问那位女子发生了什么。柳毅一问，女子哭得更加伤心了，连话也说不出来。柳毅于是守在她身边，等她的情绪慢慢平静下来，再向她询问到底发生了什么。

这位女子见柳毅热心、善良，于是告诉了他一个惊人的秘密。原来，这位女子并不是凡人，而是洞庭湖龙王的女儿。洞庭湖龙王把她嫁给了泾河龙王的儿子。可是，泾河龙王一家对她非常不好，经常虐待她，而且还把她赶出家门，让她牧羊。

柳毅听完龙女的讲述，非常同情她的遭遇。他问龙女，要怎样做才能帮助她。龙女让柳毅带着自己的信，给自己的父亲，如果洞庭龙王知道自己的女儿现在的悲惨处境，就一定会把她接回家，取消和泾河龙王儿子的婚姻。

于是，他带着龙女的书信，跋涉许久，来到洞庭湖，把这封书信交给了洞庭龙王。洞庭龙王一听说自己的女儿这样被人欺负，十分悲伤，洞庭龙王的弟弟钱塘龙王则立刻施展法术飞到泾河，把龙女接回了家。洞庭龙王为了感谢柳毅，拿了许多金银财宝送给他。

而此时，龙女被柳毅正直善良的品格深深打动，她已经爱上了这位见义勇为的年轻人，她向父亲提出：一定要嫁给柳毅。最后，柳毅和龙女结为夫妇，从此过上了幸福的生活。

快乐王子

英国作家王尔德有一部著名的童话故事，名字叫作《快乐王子》。

神的两位仆人闷闷不乐，因为他们觉得自己在天堂没什么事情可做，实在是太无聊了。于是，神让他们前往人间，把人间最美好的两样东西带到天堂来。

两位仆人来到一个大城市，看到了矗立在城市中的一座雕像。这座雕像是为一个死去的王子而雕刻的，因为王子生前一直都很快乐，所以城市里的人们都叫他"快乐王子"。两位仆人仍在寻找世间最美好的两样东西，不知不觉冬天就来了。

冬夜里飞来一只燕子，它依偎在雕像的脚下，打算在这里过夜。突然，几滴水落在了燕子的头上，燕子感到很困惑，晴朗的夜空为何会落下水滴？燕子飞了起来，落在雕像上，它惊讶地发现，快乐王子的雕像竟然在流泪。

原来，王子生前一直在王宫里生活，从未见过外面的世界，所以一直生活得很快乐。然而现在的王子变成一座雕像，眺望着整座城市，看到了人世间的苦难，所以他伤心地流下了眼泪。今夜，快乐王子看见了一个女人在辛苦地做着缝纫的工作，贫穷的她甚至无法养活自己的孩子。因而快乐王子乞求燕子，让它把自己雕像剑柄上的宝石送给那位女人。本来要继续飞往南方的燕子被王子的善心打动，帮王子将宝石送到那位女人的手中。

当燕子准备启程离开时，王子再次请求燕子，请它将自己的一只用宝石做成的眼睛摘下，送给一位贫穷的作家。燕子答应了王子去帮助有需要的人。王子请求燕子再多待一天，因为王子想要拯救另一位贫穷的小女孩，他请求燕子将自己另一只用宝石做成的眼睛摘下来，送给那个女孩。

燕子完成了王子的请求，但它决定不再飞往南方，燕子要留下来陪伴失去两只眼睛的王子。在这期间，王子不断让燕子摘下自己身上的装饰，把那些金片送给穷人。然而燕子最终没能熬过冬天，它死在了王子的脚下。王子知道自己的朋友死去，雕塑内的铅心也破裂成了两半。

人们看到一只燕子死在快乐王子的雕像下,而这座雕像也不再像以前一样有着华美的装饰。于是,人们将王子的雕像熔化了,但王子的铅心却没有被熔化,人们就把那铅心和燕子的尸体丢掉了。

神的两位仆人看到了这一切,觉得他们找到了世间最美好的两样东西,于是他们将王子的铅心和燕子的遗体带回了天堂。春天来临时,神将王子和燕子复活,让他们在天堂永生。

互联网

在古代,人们如果需要传递信息,可能需要派遣的信使走上好长一段路,才能将消息送到。派传信件在以往是一件十分艰苦的事情,如果想要将消息带到一些难以到达的地方,我们可能需要有柳毅这样的善人,或者不畏严冬的小燕子。

但在现代,因为有了互联网,一切都变得不一样了。互联网是在20世纪下半叶出现并发展起来的,互联网最开始主要被运用在军事领域,但发展到后来,互联网进入了民用领域,融入到人们生活的方方面面。在电脑以及手机等一系列电子设备中,我们互递文字信息,观看图像乃至传输声音、影视内容,依靠的都是互联网。时至2021年,全球网民数量超过了四十五亿,而中国网民数量则突破了十亿。

互联网的出现是人类通信技术的一场革命，它引领了人类社会生活生产各方面的变革，创造了现实世界之外的全新空间。

二十九、鱼跃龙门

每一个人都在内心深处渴望着生命中超越平凡的闪亮时刻,而那一刻能否最终来到,取决于我们是否有为之付出不懈努力的勇气。

鱼跃龙门

在今天的河南省洛阳市有一处著名的景点，叫作龙门山，位于洛阳城南，中间有伊水南北贯穿。传说，这里本来是一座完整的山，远古时期大禹为了治理洪水，从山中凿出了一条泄洪的通道，这就是伊水流经的伊阙峡谷。这里的山体也被伊水分为东西两半，西面是龙门山，东面是香山。

伊水是黄河的支流，流经伊阙峡谷的时候河道变得狭窄，水流也由此变得湍急。两岸的山体陡峭，看起来像一座方方正正的门，所以被叫作龙门。就在这里，流传着一个中国古代著名的传说，叫作鱼跃龙门。

传说在大禹开凿伊阙峡谷之后，黄河之水奔涌流向龙门，场面十分壮观。每年春天，黄河里长出一定个头的鲤鱼都要争先恐后地向龙门这个地方游过去，连其他大河，甚至大海里的鱼也会通过各种各样的渠道进入黄河，奋力游向龙门。

这是为什么呢？

因为在龙门这个地方，只要鱼儿从水中高高跃起，跃过传说中神迹显现的龙门，就会变成龙。在鱼变成龙的那个时刻，上天会降下天雨表示庆祝，然后降下天火，烧掉鱼儿原有的尾巴，鱼儿就会正式变成龙，腾空而去。如果没有跳过去，那么鱼儿的额头上就会留下一道黑疤，成为失败的印记。

想要跃过龙门可不是一件容易的事情。龙门很高，能够跳到这个高度的鱼儿非常少见。据记载，每年游到这里尝试跃龙门的鱼千千万万，但真正跃过龙门的鱼儿只有七十二条。绝大多数前来尝试的鱼儿，最终都带着额头上的黑疤失望而归。

尽管如此，前来这里尝试跃过龙门的鱼仍然不计其数。每到春天的时候，人们会在龙门山这个地方，看到伊水里许许多多的鱼儿争相跃起。

赫拉克勒斯的十二道考验

在古希腊神话中有一位大力神，他的名字叫作赫拉克勒斯。赫拉克勒斯原本是一位半神（神和人类的儿子），他出生时力大无穷，在摇篮里就捏死过想要伤害他的巨大毒蛇，长大成年之后，他以过人的勇气和智慧克服重重困难，通过了号称不可能完成的"十二道考验"，由此建立了十二个英雄伟绩。

赫拉克勒斯经历十二道考验的过程非常艰险，也非常精彩，在西方艺术史上经常被用作雕塑、绘画的题材。下面我们分别来介绍一下。

第一道考验是杀死墨涅亚森林中危害人间的巨狮。这头巨狮皮毛坚硬，刀枪不入，而且爪牙锋利，凶猛无比。赫拉克勒斯在惊险的搏斗中，用强壮的双臂紧紧扼住了巨狮的脖子，最后将其勒死。

第二道考验是斩杀九头蛇海德拉。海德拉是海中的蛇妖，有九颗头，并且被斩掉一颗，又会再长出来，非常难对付。赫拉克勒斯每斩掉一颗蛇头，就用火烧其伤口，让它再也长不出来，就这样斩杀了海德拉。

第三道考验是捕捉刻律涅牝鹿。刻律涅牝鹿是狩猎女神阿尔忒弥斯的座驾，体大如牛，奔跑如飞。赫拉克勒斯长途追踪，把牝鹿累到精疲力尽，最后牝鹿只能束手就擒。

第四道考验是活捉厄律曼托斯山的野猪。和捕捉牝鹿一样，赫拉克勒斯仍然采用了长途追踪的方式，累倒了野猪，将其捕获。

第五道考验是打扫伊利斯国王奥革阿斯的牛圈。奥革阿斯的牛圈里有三千多头牛，三十年没有打扫过，非常脏乱，而留给赫拉克勒斯打扫的时间只有一天。赫拉克勒斯灵机一动，运用巨力在牛圈的旁边挖了一条沟，把河水引进来冲刷牛圈，很快就完成了任务。

第六道考验是射杀以人为食的斯廷法利斯湖怪鸟。

第七道考验是驯服会喷火的克里特公牛。

第八道考验是制服食人的马群。

第九道考验是夺取亚马孙女王希波吕忒的腰带。亚马孙是英勇善战的女人之国，腰带是女王权力的象征。为了完成任务，赫拉克勒斯在各种竞赛中连续击败了亚马孙的诸多好手，彻底征服了女王希波吕忒，让她心甘情愿地献上了腰带。

第十道考验是从三头六臂的巨人革律翁那里带回他的牛群，赫拉克勒斯和巨人激战之后取得了胜利，带回了牛群。

第十一道考验是获取仙女赫斯珀里得斯三姐妹看护的金苹果，在这个过程中，赫拉克勒斯解救了被囚禁的普罗米修斯，并在普罗米修斯的指导下智取金苹果。

第十二道考验是去地狱带回看门的三头犬，赫拉克勒斯来到地狱打败了冥王哈迪斯，带回了凶猛的三头犬。

赫拉克勒斯死后被宙斯封为大力神，升为天上的武仙座。

 **现代科学知识**

中国古代"鱼跃龙门"的故事，和西方神话中赫拉克勒斯通过十二道考验的故事，都蕴含着这样一个道理：那些令人羡慕的人生成就，往往来自我们不屈不挠的拼搏努力。"鱼跃龙门"也是汉语里著名的成语，比喻人生事业通过某一个关键节点之后，就可以上到一个全新的台阶。

其实，洛阳城南龙门山脚下的伊水里有很多鱼跳出水面，这个现象的背后有着相应的科学道理。在龙门这里跳起的鱼其实以鲟鱼居多，鲟鱼喜欢在水流湍急的河道里产卵，而龙门山下的伊水就很符合鲟鱼产卵的环境条件。春天是鱼类繁殖的季节，这个时候雄性鲟鱼和雌性鲟鱼在产卵前相互追逐，游速快的时候，时常跃出水面被人们看到。同时，由于鲟鱼的鱼鳍会充血发红，当许多鲟鱼在河中聚拢的时候，人们就会看到水中一片红光，形成"赤河"的独特景观。所以人们在绘制"鱼跃龙门"主题的绘画作品时，常常会把跃起的鱼儿画成红色。

三十、坚固友情

人与人之间结成友谊,是人生必不可少的宝贵经历。朋友相互学习,相互鼓励,相互陪伴,一起走过漫漫的人生之路。

水鬼六郎

在很久以前,有一个渔夫非常喜欢喝酒。一天晚上,渔夫在捕鱼的时候碰到了一位年轻的男子,渔夫邀请他一起喝酒。喝完了酒以后,男子为了报答渔夫的热情款待,就对他说:"我去帮你把河里的鱼赶到附近来,这样你就能捕到鱼了。"说完,男子就转身离开了。过了一会儿,河里的鱼群果然聚拢到渔夫周围,让渔夫捕到了很多的鱼。

后来,这位年轻男子每天晚上都来找渔夫一起喝酒,帮渔夫赶鱼。他告诉渔夫,自己叫王六郎。两人慢慢成了一对无话不说的好朋友。有一天,王六郎突然来向渔夫告别,说自己以后再也不会来了。渔夫向王六郎询问缘由,王六郎只得把实情告诉他。原来,王六郎是一个因为喝醉了酒而淹死在这条河里的人,死后化为了水鬼。

而按照鬼怪世界的规矩,如果有人再一次淹死在这条河里,那么之前淹死的水鬼,就可以投胎转世,重新做人。明天,会有一个人淹死在这里,王六郎将会告别做孤魂野鬼的日子,同时也就再也见不到渔夫了。虽然知道朋友是鬼,但是渔夫并不害怕,他只为朋友的离别而感到难过。

到了第二天,渔夫躲进河边的树丛里,想静静地为朋友送行。这时,走来了一位怀抱婴儿的女子,在路过河边的时候,一不小心跌落到了水里。女子用尽全力把小宝宝扔上了河岸,小宝宝在河岸上吓得哇哇大哭,女子在河里拼命挣扎,眼看就要淹死了。渔夫很想去救起这位女子,可是这样一来,他的好朋友王六郎就没办法转世了。正在渔夫犹豫不决的时候,落水的女子竟然慢慢浮上水面,爬到了岸上,抱起小宝宝安全地离开了。

到了晚上,王六郎前来告诉渔夫,今天那位女子落水的时候,自己实在不忍心让那个嗷嗷待哺的孩子失去母亲,所以他把女子从水里托了起来,救下了她的性命。渔夫为王六郎感到惋惜,但同时也为能够和好友继续相聚而感到高兴。

王六郎舍己救人这件事感动了天帝,天帝任命他为一个县城的土地神。渔夫专门走了几百里路,去王六郎成神的县城探望他,在梦中见到了这位昔日的老友。在渔夫离开的时候,王六郎化作一阵清风,跟随渔夫依依不舍地送别了十几里路,最后飘摇而去。

阿喀琉斯之踵

古希腊神话中有一位英雄,名为阿喀琉斯。阿喀琉斯的母亲是海洋女神忒提斯，忒提斯是不朽的神，因此她希望自己的孩子能和自己一样，不受任何伤害。于是，在阿喀琉斯出生的时候，忒提斯将自己的孩子泡在冥河水中，这能让阿喀琉斯的身体变得刀枪不入。但在浸泡冥河水时，阿喀琉斯的脚踝被母亲的手握住，没能浸泡到冥河之水，因此阿喀琉斯的脚踝成为他唯一的弱点。

长大后，阿喀琉斯参与了特洛伊战争，他是希腊联军中最为勇猛的将领，特洛伊人十分畏惧他。但阿喀琉斯与另一位将领阿伽门农产生了矛盾，因此，阿喀琉斯拒绝继续与阿伽门农并肩作战。在战场上，特洛伊人没有见到阿喀琉斯，他们于是趁机发起了进攻。正在希腊联军陷入危险之际，一位英雄帕特罗克洛斯站了出来，他是阿喀琉斯的挚友，为了挽救希腊军队，帕特罗克洛斯披上阿喀琉斯的铠甲上阵杀敌，鼓舞军队的士气。

然而，帕特罗克洛斯不幸战死，阿喀琉斯对此感到十分悔恨，他于是和阿伽门农和解，重新上阵打败了特洛伊人，最终将特洛伊人的首领赫克托耳杀死。

在特洛伊战争胜利之后，阿喀琉斯还建立了很多伟大的功绩。但是，他后来与太阳神阿波罗交恶，阿波罗暗中用箭射中阿喀琉斯的脚踝，杀死了他。阿喀琉斯死后，希腊人给他举行了隆重的葬礼，甚至有许多神前来参加。阿喀琉斯的骨灰被放入装饰华丽的盒子中，安置在海岸的最高处，与其好友帕特罗克洛斯的尸骨葬在一起。

 ## 心理学中的友情

在古代社会，人们会以各式各样的方式来歌颂友情，比如史诗的传唱、戏剧的演绎等等。而在现代社会，我们可以从心理学的角度来解释友情，从而获得对这种人类情感更加深刻的理解。

1958年，心理学家舒茨提出了人际关系的"三维理论"。"三维"分别指的是包容需要、支配需要以及情感需要。包容需要指的是，人在人际关系中希望与别人进行接触，获得他人的接纳与支持；支配需要指的是，有的人在交往中有着影响他人的意向，比如为他人做决定，有的人在交往中则更愿意接受别人的领导，顺从他人所做的决定；情感需要指的是，人会想要与别人维持一种亲密的联系，积极主动的人在这方面会对他人表现得很友善。在交往过程中，只有三种需求同时得到满足，人和人之间才能更好地建立起健康、长久的人际关系。

通过"三维理论"，我们就可以从理性角度，更好地理解渔夫和水鬼六郎、阿喀琉斯和帕特罗克洛斯之间的友谊。